rt.
新
PERFEC

D E A R + N O V E L

不器用なテレパシー

月村 奎
Kei TSUKIMURA

新書館ディアプラス文庫

S H I N S H O K A N

不器用なテレパシー

目次

イラストレーション／高星麻子

不器用なテレパシー

ランチタイムの混雑がひいた二時過ぎ。カフェブラウンの店内はひとときの静けさにあった。

飯島涼矢《いいじまりょうや》は手際よくテーブルの上を片付け、ダスターで念入りに拭《ふ》き清《きよ》めた。

カフェと名乗っているものの、むしろ昭和的に喫茶店《きっさてん》と呼びたい雰囲気《ふんいき》が、ブラウンにはある。内装もインテリアもよくいえばレトロ、はっきりいって古くさい。供されるフードメニューも、海老《えび》とアボカドのサンドウィッチとか、サーモンのクリームパスタとか、そういうおしゃれなものは一切なく、サンドウィッチは昔ながらのミックスサンドで、パスタはナポリタンとミートソース。生姜《しょうが》焼きやら肉じゃがやらといったメニューもあり、喫茶店どころか定食屋に近い。

「トミさんのおかげで、うちはオサレな編み物カフェって感じだよ」

オーナーの大森《おおもり》が、カウンターでワイドショーを見ながら編《あ》み針《ばり》を動かす年配の常連客に声をかけた。

「ここは居心地がいいんだもの。オーナーはアイドルスタアみたいにいい男だし」

「三十八にもなってアイドルって言ってもらえるなんて、光栄だなぁ」

大森が精悍《せいかん》な髭面《ひげづら》に照れ笑いを浮かべて、頼まれてもいないコーヒーのおかわりをトミさんのカップに注ぐ。

「三十八なんて、まだまだ小僧《こぞう》っこよ」

トミさんはあっはっはと陽気な笑いで応じた。その口元から、部分入れ歯がころりとカウンターに転げ落ちた。

老女はすましてそれを拾い上げて口に戻し、何事もなかったかのように再び編み針を動かし始めた。

……編み物カフェっていうかなぁ。

やや胡乱《うろん》な目で、諒矢はトミさんの手元の色鮮《あざ》やかなアクリル毛糸と、レジ脇の『ご自由にお持ちください』という箱に積み重ねられたトミさんお手製のアクリルたわしの山を見比べた。

「どうしたの、ぼうや」

諒矢の視線に気付いた様子で、トミさんが小首を傾《かし》げた。

トミさんは諒矢のことをいつも『ぼうや』と呼ぶ。大森ですら『小僧っこ』扱《あつか》いなのだから、齢《よわい》八十のトミさんから見たら、二十一歳の諒矢などまだまだ人生のひよっこに過ぎないのだろう。肉付きの薄い体型のせいか、黒目がちの大きな瞳のせいか、元々諒矢は実年齢よりも幼く見られるタイプで、コンビニでビールを買う時には三回に一回は年齢確認をされる。

「あ、いえ、すごい器用だなと思って」

トレーを手に近寄りながら諒矢がそう言ったのは、お世辞でもなんでもない。編み物カフェかどうかはともかく、トミさんの熟練の手元には心底感心する。四角や丸などのシンプルな幾《き》何学《かがく》模様から、花や鯉《こい》のぼりを模《かたど》った凝《こ》ったものまで、様々な形のたわしを、トミさんはその指定席でほぼ毎日、何も見ないで次々と編み上げていく。

「ありがとう。欲しいのがあったらもっていきな」

「ホント？　じゃあ、それいい？」

編み上がったばかりの鯉のぼりにウレタンスポンジを押し込もうとしていたトミさんの手から、鯉を譲《ゆず》り受《う》ける。その口に試しに携帯電話を入れてみると、いい具合にぴったりと収まった。

「おー、ジャストフィット！」

予想外のフィット感に会心の笑みを浮かべて、諒矢は鯉の口元のループをジーンズのベルトに通した。

ジーンズに真っ白のシャツ、そして黒いエプロンというモノトーンの格好の中、尻《しり》にぶら下がったカラフルでキッチュな鯉のぼりはなかなかインパクトがある。

「ありがとう、トミさん。大事にするね」

諒矢が尻を振ってみせると、

「若い人はおかしな使い方を考えるわね」

そう言いながらトミさんは嬉しそうに笑った。

カウンターから再びトレーを手にとって奥にさげにいくと、大森の妻の彩《あや》がそれを受け取って、諒矢の尻を覗《のぞ》きこんだ。

「諒ちゃん偉《えら》い。若者の鑑《かがみ》」

小声で賞賛する彩は、どうやら諒矢が年寄りに対するボランティア精神でそれを引き取ったと思ったらしい。

「そんなんじゃなくて、これ、かっこよくないですか？　こんな色遣《いろづか》い、普通思いつかないし」

自慢げに手で引っ張ってみせると、やおら彩がぎゅっと諒矢を抱きしめてきた。

「諒ちゃんってホントにいい子。大好きよ」

自分より小柄《こがら》でふくよかな彩にハグされると、テーマパークで着ぐるみに遭遇《そうぐう》したときのようなくすぐったい気持ちになる。

「こら、そこのセクハラマダーム！　大事な住み込みバイトくんに逃げられたらどうするんだよ」

オーブンから鉄のフライパンを取り出しながら、大森が声をかけてきた。

「大森さんがやきもち焼いてますよ」

諒矢は失笑し、いい匂《にお》いのする彩から身体を離した。

「やきもちなんかじゃねーよ。俺は諒ちゃんの貞操を心配してだな」

なんだかんだと言い訳しながら、大森がこの六歳年下の笑顔がチャーミングな妻にぞっこんなのは、二年前に店の前で行き倒れているところを拾われてからひとつ屋根の下で暮らしてきた諒矢には、よくわかっている。

「ほい、諒ちゃん。昼休憩《ひるきゅうけい》どうぞ」

大森は焼きたてのハンバーグを盛り付けたトレーを諒矢に差し出してきた。

「あ、まだ片付けがあるから、俺はあとでいいです」

「いいから食えって。試作品の味見は、諒ちゃんの大事な仕事だろ」

命じられて、諒矢は空《あ》いた店のカウンターの一番端の席に座って、熱々のハンバーグにナイフを入れた。ジューシーなハンバーグの中から、とろりとした黄色が顔を出す。

「チーズを混ぜたかぼちゃのマッシュを入れてみたんだけど、来月のランチメニューにどうかと思って。フィリングがある分、焼き時間が短くて済むし、来月は冬至《とうじ》だし」

スープを持ってきてくれた大森が、傍《かたわ》らで感想を待つ顔になる。

一口食べて、諒矢は大きな瞳をさらに大きくした。

「すっごいおいしい！　ほんのり甘くて、コクがあって、めちゃくちゃうまいです」

「おーっし！　諒ちゃんの反応がいい時はお客さんのウケもいいんだよな。サンキュー諒ちゃん」

大森が諒矢の頭を抱《かか》えて、いい子いい子と撫《な》でまわす。

「パパこそセクハラ禁止よ」

彩がカウンター越しに眉《まゆ》をひそめたところに、

「ただいまーっ！」

元気な声と共に大森家の一人息子、郁人《いくと》が駆け込んできた。

十一月も末というのに半そで半ズボンの元気な七歳児は、父親でも母親でもなく、諒矢の元へと駆け寄ってきた。

「諒ちゃん、昨日のゲームの続きやろうぜ」

「うん。仕事終わったらね」

「なに食ってんの？」

「かぼちゃ入りハンバーグ。郁人も食べる？」

「うん！」

とりのヒナのように口を開ける郁人の頭を大森が鷲摑《わしづか》みにして、自分の方を振り向かせた。

「パパを無視すんなよ」

「あ、いたんだ」

「いたんだじゃねーよ、クソガキが。パパに『ただいま』は？」

「ただいま、クソおやじ」

「……んだとぉ？　また擽《くすぐ》りの刑にされたいか」

「うそうそ、ギャーッハッハッハッ！」

仲睦《なかむつ》まじい親子のやり取りに、思わずクスッと笑いが漏《も》れる。

レトロであたたかいこの店とこの家族が、諒矢は大好きだった。まるでおとぎの国で暮らしているようだと思う。

『さて、本日の芸能界の話題、まずはイケメン俳優の熱愛のニュースからです』

カウンターに置かれたテレビに、ふと見知った男の顔が大写しになり、諒矢は口元に笑みを浮かべたまま固まった。

『実力・人気ともに若手ナンバーワンの俳優、戸賀崎颯《とがさきそう》さんと、女優でモデルでもある北見《きたみ》エリさんとの熱愛が、今日発売の女性週刊誌で報じられています。二人が所属する事務所では友人関係を強調していますが、実際のところはどうなのでしょうか』

映像とナレーションで、戸賀崎颯のプロフィールが紹介されるのを、諒矢はフォークを宙に浮かせたままじっと眺《なが》めていた。

「ムカつくくらいいい男だよなぁ」

大森がしみじみと言い、諒矢に話を振ってきた。

「戸賀崎颯って同性のファンも多いんだってな。諒ちゃんとか同年代だろ？　やっぱ憧《あこが》れちゃったりする？」

「……いえ。どっちかっていったら、苦手なタイプです」

諒矢は視線を画面からもぎはなして食事に集中するふりをしたが、ハンバーグの味はほとんどわからなくなっていた。

自分がこの店の前で行き倒れる原因となった男の話題は、その人気ぶりを物語るようにやたら長々と報じられている。

母親の命日にこんな浮《うわ》ついた話は颯らしくないと、諒矢はハンバーグを飲み込みながら胸の中でひっそり思った。


諒矢と颯は同郷の幼馴染で、高校卒業と同時に上京して同居をスタートさせるほど親密な間柄《あいだがら》だった。

いや、親密だと思っていたのは、今にして思えば諒矢の方だけだったのだが、生まれた時から同じアパートの隣同士に住んでいた二人が兄弟よりも近い距離にあったのは事実だったと思う。

幼いころから諒矢の両親は折り合いが悪く、喧嘩《けんか》が絶えなかった。諍《いさか》いが始まると諒矢はいつも颯の家に逃げ込んだ。颯の母親はシングルマザーで仕事が忙しく留守がちだった。家庭環境のせいか颯は同い年にしては大人びていて、両親の諍いに怯《おび》える諒矢を兄のような包容力で守ってくれた。諒矢が『今日は家に帰りたくない』とぐずる日には、颯は諒矢の家に事情を説明しに行ってくれた。颯の母親の帰宅を待ちながら、二人で過ごす夜が諒矢は好きだった。親と過ごす時間より、颯と過ごす時間の方がずっと長かったと思う。

容姿も性格も正反対の二人だった。聡明で寡黙《かもく》で意志が強い颯と対照的に、諒矢は小心なくせに呑気《のんき》で陽気で、その場が楽しければまあいいかというタイプだった。ある程度の年齢になってから知り合った二人なら、親しくはならないであろう性格差だが、物心ついたときからそばにいて、それこそ兄弟のような感覚だったから、合うとか合わないとか考えたことがなかった。そばにいるのがあたりまえ。そんな相手だった。

小学校五年の時にとうとう諒矢の両親は離婚したが、隣同士の幼馴染の関係は変わらず、それぞれの学力に応じて高校が分かれたあともお互いの家を行き来した。

諒矢が颯への恋心を自覚したのは、高一の秋、三人目の彼女と別れた直後だった。高校生になってから、告白されてはつきあい、盛り上がりもなく別れるということを三回繰り返して、自分は女の子といるよりも、颯といる方が圧倒的に満たされて心地好《ここちよ》いと気付いた。単に居心地のいい幼馴染という感覚とは違う。女の子にキスするよりも、颯にキスされたかった。ずっとずっと、大人になっても、颯のそばにいたいと思った。

自覚したのがその時だったというだけで、もうずっと昔から、自分が颯に抱《いだ》いていた感情はそういうものだった。

尋常《じんじょう》ではない恋心を自覚しても、別に後ろめたさや罪悪感《ざいあくかん》は感じなかった。

颯も同じ気持ちでいるのではないかと、諒矢は感じた。

颯は寡黙で表情が表に出にくいタイプだったが、物心つく前からずっとそばにいたせいか、諒矢には颯の考えていることがいつもなんとなく察せられる気がした。

その推測に確信を与える出来事が、高二の夏休みに起こった。

バイトのあとで寄るという颯を待つうちに、諒矢は自宅のリビングでうたた寝してしまった。

玄関の開閉音につられてカーテンがふわりと動く気配がした。

足音だけで颯だとわかったが、心地好いまどろみからすぐには抜け出せなかった。

閉じた瞼《まぶた》ごしに、影がさした。

『諒矢』

最初の呼びかけは、高い位置から降ってきた。

反応できずにうとうとしていると、もう一度名を呼ばれた。その声は吐息《といき》がかかるほど近かった。

一瞬後、冷たくて柔《やわ》らかいものが唇に触れた。

颯らしい、物静かなくちづけだった。

ほら、やっぱり。夢うつつに諒矢は思った。やっぱり俺たちは両想いだ。ずっとずっと、大人になっても、俺たちはずっと一緒だ。

キスの真意を、諒矢は颯に訊《たず》ねたりしなかった。わざわざ訊《き》くのは気恥ずかしいし不粋《ぶすい》だし、確かめるまでもなく二人の気持ちが通じ合っていることは明らかだと思った。言葉にするまでもなく、自分たちは心の深いところで繋《つな》がった恋人同士なのだと信じた。

高三の晩秋、双方《そうほう》の家庭に明暗の変化が訪れた。

諒矢は母親から交際相手を紹介され、再婚を考えていると打ち明けられた。

一方、颯の母親が不慮《ふりょ》の事故で他界した。

颯は気丈《きじょう》に一人で母を見送り、一人で高校を卒業した。

上京を打ち明けられたのは、卒業式の翌日だった。以前東京に遊びに行った時に颯が芸能事務所からスカウトされた現場に諒矢も居合わせたのだが、その事務所を頼っての上京だという。

颯の長身と涼しげに整った端整な容姿は地元でもとても目立ったし、スカウトされたときには幼馴染として自慢に感じたものだが、颯の性格からいって、芸能界などには見向きもしないだろうと思っていた。颯は自分の容姿で商売をしようと考えるタイプではまったくなかった。

だからこそ、上京の話を聞いた時には生半可ではない決意を感じた。母親を亡《な》くして一人きりになった颯は、今やもう身よりのない故郷を捨てて、自分の身一つで生きて行こうとしているのだと思った。

諒矢はすぐについて行くと決めた。諒矢の母親は思いがけないほど反対した。呑気な諒矢の性格に、都会暮らしなど向かないとくどくどと言ってひきとめた。けれど諒矢は聞く耳を持たなかった。

母親には再婚相手がいるのだから心配ないし、幸か不幸か就職難で諒矢は就職先も決まっていなかった。故郷に思い残すことはなかった。

当の颯も最初はやんわりと諒矢を制した。生活が安定したら絶対呼ぶから、それまで待てと言った。

生活が安定したら、絶対呼ぶから。

まさしく恋人に向けられた感のあるその言葉に諒矢は胸打たれ、なにがなんでも一緒に行こうと決意した。

安定なんかしてなくてもいい。颯と一緒にいれば、苦労も苦労とは思わない。

止める母親を振り切って、桜の季節に家を出た。颯と一緒に上京して、狭《せま》いアパートで同居をスタートさせた。

颯ほど恵まれた容姿を持ってすら、すぐに仕事に恵まれるほどその世界は甘くなかった。けれど、諒矢にとっては、正直そんなことはどうでもよかった。

もちろん、颯には思い定めた道で成功して欲しかったけれど、それよりなによりただ一緒にいられることが、諒矢には嬉《うれ》しかった。

夜がくればそれぞれの家に帰らなければならない、不自由な子供時代と違って、毎日同じ部屋で好きな相手と寝食を共にできる幸せ。その日のバイト代が頼りのカツカツの生活さえも、楽しかった。

狭い田舎《いなか》と違って、広い都会では二人の恋を見とがめてあれこれ言う人間もいない。

そう、諒矢は恋だと思っていた。ひとつ屋根の下で暮らし始めてもプラトニックな関係のままで、お互いの気持ちを確認し合ったことすらなくても、自分たちは恋人同士だと、何の疑いもなく信じていた。

颯は小さなモデル仕事をこなしながら、演技やボイストレーニングなど様々なレッスンに通い、オーディションを受けては落とされる生活が半年ほど続いた。

元々図抜けて端整だった颯の容姿はさらに精悍《せいかん》に垢《あか》ぬけ、子供のころからずっとそばにいた諒矢ですら、思わず見惚《みと》れるほどだった。

その一方で、寡黙さに拍車がかかり、時々物思いにふける姿を見るようになった。

疲れているんだと、諒矢は思った。その夏は記録的な猛暑で、彼岸《ひがん》を過ぎても真夏日が続いた。

颯がなるべく自分の夢に集中できるようにと、諒矢は自分の時間のほとんど全部をあらゆるバイトにあてて生活費をまかない、残ったお金をそっと颯の財布に入れた。過労で自分でも気付かないうちに体重が減り、水仕事のバイトのし過ぎで指先の皮が赤むけるほどの手荒れを起こしても、辛《つら》いなどとは微塵《みじん》も思わなかった。支《ささ》えているとか尽《つ》くしているとか、そんな恩着せがましいことを思ったことも一度もない。それはただ自分のために、自分が颯と一緒にいたいがためにしている努力であり、むしろ諒矢は幸せで、毎日が夢のようだった。

お盆に帰省した時にはその激やせぶりに母親に眉《まゆ》をひそめられ、田舎に帰るようにと強く引きとめられたが、諒矢は耳を貸さず、颯と一緒に東京に戻った。

晩秋、颯は母親の一周忌《き》法要のために再び郷里に戻った。諒矢はバイトが入っていたため、東京に残った。

夢のような生活の終わりは、その数日後に唐突に訪れた。

一周忌を終えて東京に戻ってきてから、颯は更《さら》に無口になっていた。法要で母親のことを改めて思い出し、色々と思うところがあるのだろうと、諒矢はいつものテレパシーで察したつもりでいた。

ある日の朝、バイトに出かけようと身支度《みじたく》していた諒矢に、硬い表情をした颯が静かに言った。

『おまえはもう、実家に帰れ』

上京してから半年の間にも、諒矢の身体を気遣《きづか》って何度か冗談めかしてそんなふうに言われたことはあったが、それとは明らかに声の調子が違っていた。

『なんだよ、急に』

諒矢が怪訝《けげん》に返すと、颯は怖いくらいにはっきりとした口調で言った。

『急にじゃない。前から思ってたことだ。おまえは田舎に帰った方がいい』

『なんで?』

『やりたいこともないのに、東京にいたって意味ないだろう』

『俺のやりたいことは、颯の夢を応援することだよ』

諒矢は颯の目を見てきっぱりと言った。

颯は諒矢を数秒じっと見つめたあと、視線を伏《ふ》せ、深いため息をついた。

再び視線をあげた颯は、迷いのない冷たい目で、諒矢を見下ろしてきた。諒矢が初めて見る表情だった。

『はっきり言わなくちゃわからないか？　迷惑なんだよ、こういうの』

颯はテーブルの上にあごをしゃくった。そこには諒矢が早起きして作った朝食が並んでいた。

『世話を焼かれたり尽くされたりするの、ウザいんだ。だいたい、この先役者として成功したとしても、おまえみたいなのと一緒に住んでたらイメージが悪いだろう』

言葉の刃《やいば》の切っ先が胸の奥に到達し、その痛みが脳に伝わるまでに、かなりの時間がかかった。しかし到達したときの痛みは、並大抵のものではなかった。

人生の中であんなにショックを受けたことはなかった。

物心つく前から、ずっと一緒にいた幼馴染。

颯の考えていることはすべてわかっていると自負していた。言葉にしなくても、テレパシーみたいにわかりあえていると思っていた。

なんという滑稽《こっけい》な思いこみだったのだろう。

颯はずっと迷惑していたのだ。

邪魔だ邪魔だと思いながらも口にできずに半年耐えて、とうとう堪忍袋《かんにんぶくろ》の緒が切れたというところか。

宝物のように胸の奥にしまっていた高二の夏のキスの記憶が、不意に曖昧《あいまい》になる。颯からもらったくちづけ。でも、あの時諒矢はまどろみの中にあった。自分の願望が見せた夢を勝手に現実と勘違いして、颯も自分に恋愛感情を持っているなどと思いこんでいただけだったのか。

一心同体だなんて思っていたのは諒矢だけだったという、あまりにも滑稽でショックな結末だった。

最後の日、颯はレッスンを休んで東京駅までついてきて、郷里への座席指定の切符を買ってくれた。

それを颯の優しさだと思うことはもうなかった。ストーカーのような幼馴染を確実に追い払うため、見届けにきたのだと思った。

上京してきた時と同じ斜《なな》めがけの鞄《かばん》ひとつで、諒矢は一人で新幹線に乗った。

『元気で』と颯は短く言った。その言葉の空々しさに自分でうんざりしているような表情だった。諒矢は短く『じゃあね』と返した。

最後の瞬間に言うべき言葉は、ほかにもっとあったのかもしれない。知らずに押しつけがましいお節介をしていたことを詫《わ》びて許しを請《こ》うとか、逆に自分を傷つけた颯に恨《うら》みごとをぶつけるとか。

けれど諒矢の頭の中は空《から》っぽで、何の言葉も出てこなかった。

新幹線が走り始めてから最初の停車駅で、諒矢は降車した。

引き返そうなどと思ったわけではない。不意に涙が止まらなくなって周囲の乗客の注視を浴び、降りざるをえなくなったのだ。

俯《うつむ》いたまま改札を抜け、昼日中の見知らぬ街を闇雲《やみくも》に歩いた。

十二月になったばかりの冬晴れの日で、気温はそれほど低くはなかったが、諒矢はひどく寒気がした。とめどもなく流れ落ちる涙が、身体中の熱を奪っていくようだった。

空っぽだ、と思った。頭も心も身体も全部が空っぽだ、と。

諒矢にとっては、颯がすべてだった。颯の存在が、颯との時間が、颯の夢が、諒矢のすべてだった。そんな生き方は間違っていると言われようと、それが事実なのだから仕方がない。

あるいはもしも自分が女だったら、それもありだったのだろうか。颯の夢の陰に付き添う存在でいられたのだろうか。

もっとも、そんな仮定は無意味だった。諒矢は男だし、颯からはきっぱりと拒絶されたのだから。

見知らぬ街を無意識に何時間も歩き回った。一年で一番日暮れの早い季節のこと、あっという間に夕暮れが訪れた。

歩道橋の上から、紅葉した街路樹とテールランプの列を眺めながら、死にたいと思った。

そんなことで命を投げ出すなんて甘えも甚《はなは》だしいということは、諒矢にも十分わかっていた。

好きな相手に拒《こば》まれたくらいで命を絶ったりしたら、きっと地獄《じごく》に落ちる。

それでもいいと思った。颯のいない世界で生きていくくらいなら、地獄の方がずっといい。それくらい、諒矢の中で颯の存在は大きかった。

寒気に震える指で、諒矢は歩道橋の冷たい手すりをつかんだ。ここを乗り越えたら、颯のいない世界から逃《のが》れられる。それはとても簡単なことに思えた。

手すりから上体を乗り出した時、不意に鞄の重みが増して、諒矢は歩道橋に尻もちをついた。

傍《かたわ》らに三十半《なか》ばの背の高い男が立っていた。彼が諒矢の鞄を引っ張ったらしかった。

男は諒矢の横に屈《かが》み、手負いの野生動物にふれるような慎重《しんちょう》な仕草で、ガタガタ震えている諒矢の手をやさしくしっかりとつかんだ。それからもう一方の手で額に触れた。

『熱がある。ここは寒いから、とりあえず下に降りようか』

その手を押しのけてまで身を投げるほどの気力が、もう諒矢の中には残っていなかった。抱きかかえられるようにして連れて行かれたのは、歩道橋のたもとのカフェだった。それが大森との出会いだった。

高熱は三日ほど続き、諒矢は大森家の一室で夫妻から手厚い看護を受けた。

『どうして死のうなんて思ったんだ?』

熱が微熱になって、あたたかいスープをごちそうになっているときに、大森が責めるでもなくぽんと訊ねてきた。

諒矢は少し考えてから、涙と一緒にぽろりと言葉をこぼした。

『もう、生きている意味がないと思ったから』

『意味なんかなくていいんだよ。生きてるだけで、意味があるんだ』

綺麗《きれい》ごとを言う大人だと、諒矢は思った。それを見抜いたように、大森はちょっと笑って、スープにあごをしゃくった。

『そのスープは、きみの症状にすごくよく効くと思うよ。効き目が現れるまでに少し時間はかかるけど、そうだな、三百六十五杯飲み終える頃には、かなり効いていると思う』

大森の言葉に嘘はなかった。

大森の誘いで住み込みでバイトを始め、賄《まかな》いのスープを三百六十五回飲んだ頃には、諒矢は自分にも周囲にも元気を装えるまでに回復していた。

あとで彩から、大森が弟を自死で亡くした過去を持つと聞いた。『生きているだけで、意味があるんだよ』という大森の言葉は俄《にわ》かに重みを持ち、スープという名の時間薬と共に諒矢の心に沁みていった。

過去のことも先のことも考えず、諒矢は毎日目の前のことに没頭《ぼっとう》した。命の恩人の店をぴかぴかに磨《みが》き上《あ》げ、大森と彩が腕を振るったあたたかなフードやドリンクを笑顔と共にテーブルに運んだ。颯のように大きな夢のために邁進《まいしん》することはできなくても、働くことは好きだった。何かを成《な》し遂《と》げるためではなく、ただ生きるために働く。休日は郁人と遊んだり、ジョギングしたり、トミさんの家の電球を取り換えにいったりして過ごした。

颯がいなくても日は昇り、季節は巡《めぐ》った。颯のいない世界で、諒矢は食べて笑って、ちゃんと生きていた。

別離から季節が一巡《いちじゅん》した頃、颯は連ドラの端役《はやく》でブレイクし、一気に露出《ろしゅつ》が増えて知名度が上がった。

そこからさらにまた一年。今やその熱愛報道が芸能ニュースのトップになるほどの人気者になった颯は、かつて一緒に暮らした幼馴染とは思えないほど、遠い遠い存在だった。


十二月というのは初冬と晩秋とどちらなのだろうかと、通りで店じまいの作業をしながら諒矢は考えた。

子供のころには、十二月は完全に真冬だと思っていた。諒矢の生まれた街では十二月の初めには雪が降った。

けれど東京の街路樹は、まだ紅葉《こうよう》が美しい。飲み屋から出てきたサラリーマンも、まだ背広姿でコートは着ていない。

カフェブラウンの営業時間は表向き午後八時までなのだが、近所の顔なじみの客が長尻《ながじり》をしていれば閉店時間を理由に急《せ》かしたりすることはない。明かりにつられて入ってくる一般客も迎え入れてしまうという鷹揚《おうよう》さだ。

そんなこんなで、今日の閉店時間は午後十時を回っていた。

その日のおすすめメニューが手書きされた黒板をしまい、つぎに電光の看板を取り入れようとした時だった。

「諒矢」

背後から不意に呼びかけられ、びくっと身体が強張《こわば》った。

忘れようもないその低くて通りのいい声は、テレビ越しにほぼ毎日耳にするけれど、じかに聞くことはもう二度とないと思っていた。

ゆっくりと振り向くと、懐《なつ》かしいシルエットがあった。

ジーンズにカジュアルなジャケットを羽織った颯は、まるでファッション雑誌から抜け出してきたようなオーラをまとっていた。

「……なにしてるの、こんなところで」

テレビの中に棲《す》む男が、どうしてこんなところに現れるのだ。

じりじりと後ずさると、歩道の段差に踵《かかと》を取られてよろけた。バランスを取ろうと振りあげた手を、颯につかまれた。

大きな手は、ひやりと冷たかった。

「おまえこそこんなところで何してるんだよ」

あきらかにカフェの従業員と知れるエプロン姿を上から下まで眺めて、颯は形のいい眉を寄せた。

「なんで田舎に帰らなかったんだよ」

咎《とが》めるようなその口調に、時間が一気に巻き戻る。二年前、「ウザい」「迷惑だ」と冷たい声で切り捨てられた瞬間をありありと思いだす。

時間薬が塞《ふさ》いでくれた心の傷から血がにじみ出す恐怖を覚えて、諒矢は颯の手を振り払った。

「何か用？　今、忙しいんだけど」

取り付く島のない声で返す。

険悪な空気を押しのけるように、店のドアが開いて、大森が顔を出した。

「どうした、諒ちゃん」

表に出たきり戻って来ない諒矢を不審に思って、様子を見に来たらしい。

大森は颯と諒矢を交互に眺めたあと、ぎょっとしたように颯を二度見した。

「え、もしかして戸賀崎颯⁉」

大森が人気俳優の姿に驚いている間に、諒矢は店に駆け込んだ。そのまま厨房《ちゅうぼう》を走り抜け、二階の自室へと駆け上がる。

どうして今になってこんなところに颯がやってくるんだ。偶然なのか、所在を知って訪ねてきたのか。

いまさらなんで声なんかかけてくるんだよ。

胸に渦巻《うずま》くのは、傷心と憤《いきどお》りだけではなかった。

恐る恐る窓辺に寄ると、颯が大森に会釈《えしゃく》をして踵《きびす》を返すところだった。ふいとこちらを見上げた颯から隠れるようにカーテンを引き、諒矢はずるずるとその場にしゃがみこんだ。

足元には、今朝《けさ》切り抜きを貼《は》ったばかりのスクラップブックが広げられていた。切り抜きは颯が主演した映画に関する新聞記事だった。

分厚いスクラップブックには、別れてから今までの間の颯に関する雑誌や新聞の記事が、ごく小さなものまで余さず集められ、大切に保存されていた。

二年前に自分を非情に切り捨てた幼馴染を、諒矢は思いきれずにいた。

疎《うと》まれているのはわかっている。そのことで命を投げ出そうとまでした。しばらくは颯を思い出すのさえ辛《つら》かった。

けれど、時間が傷を癒《いや》すにつれ、あんな態度を取られてさえ颯を嫌いになれずにいる自分に気付いた。切り捨てられたショックを凌駕《りょうが》してあまりある思い出と情が、諒矢にはあった。

恋心を消し去ることはできなかった。

嫌われても、もう一生会えなくても、普通のファンよりももっと遠いところからそっと見ているしかできなくても、諒矢にとって颯は人生でただ一度の恋の相手だった。

部屋のドアをノックする音で、諒矢ははっと我に返った。

素早くスクラップブックを閉じて本棚《ほんだな》に突っ込んだところで遠慮《えんりょ》がちにドアが細く開けられた。

「諒ちゃん？　どうかしたか？」

「あ、えと、すみません、なんか俺の部屋で目覚まし時計が鳴ってるみたいだったから、止めなくちゃって思って、でも、勘違いだったみたいで……」

目についた目覚まし時計をネタに、身振り手振りで咄嗟《とっさ》に作り話をでっちあげる。

「そうなんだ」

諒矢の不自然な言動を軽く受け流して、大森は言った。

「諒ちゃん、戸賀崎颯と幼馴染なんだって？　びっくりしたよ」

「あ……、はい」

「彼って案外礼儀正しくて物静かなんだな。テレビのイメージとなんだか違うよな」

「そうですか」

なるべく自然に答えようとすればするほど、自然というのがどういうことだか思い出せなくなって必要以上にぎこちない空気が漂《ただよ》う。

大森は何か考えるように自分の髭《ひげ》を指先でざりざりとなで、おもむろに口を開いた。

「諒ちゃんと戸賀崎颯は、地元でバンドを組んでいたわけだ」

「……は？」

唐突な発言にぽかんとなる諒矢を制するように片手をあげ、大森は続けた。

「諒ちゃんの綺麗さは一般人としては図抜けてるし、なるほど、芸能界を目指してたんだな」

「いや、あの、」

「二人でビッグになろうと誓《ちか》い合《あ》って、上京した。ところが、芸能事務所だか、プロデューサーだかなんだかは、颯をピンで売り出そうと決めた。しかも音楽じゃなく役者として。そこで二人は決裂し、今に至る、と。どう、俺の想像性豊かな推理は?」

「どうって言われても……」

「まあ、若いときは色々あるよね。十年もたてば、全部いい思い出だよ」

どう? と振っておきながら、大森は諒矢に説明をする隙を与えず軽く話を終わらせた。

深く追及せずに冗談で流してくれる大人のやさしさに、気持ちが少し和《やわ》らぐ。

「店の片付けの続き、手伝ってもらってもいいかな?」

笑顔で促《うなが》され、諒矢は「すみません」と中断を詫びながら、大森の背中を追って狭い階段を下りた。

その後数日を情緒不安定に押しつぶされずに済んだのは、一人暮らしでなかったおかげだ。

仕事中は物思いに耽《ふけ》っている時間などないし、朝から晩まで誰かしらが近くにいるから良くも悪くも気が紛《まぎ》れた。一人きりの真夜中にえもいわれぬ不安に陥《おちい》ることはあったが、朝が来れば否応《いやおう》なしの日常が待っている。

そうして五日ほどが過ぎた夜、この間と同じように店の片付けをしているところに、再び颯《そう》が訪れた。

なんとなくずっと神経を張り詰めていたせいか、今度は声をかけられる前に、その長身の影に気付いた。

きゅっと身体に力が入る。自分が戦闘《せんとう》モードに入るのがわかる。戦うためではなく、自衛のための戦闘モードだ。

「地元に帰ったと思ってたのに」

この間と同じことを、颯はぼそっと言った。

「……東京にいるだけでもウザいとか、そういう文句つけにきた？」

傷つけられる前に、ハリネズミのようにとげを逆立《さかだ》てる。

闇《やみ》の中、颯は諒矢《りょうや》をじっと見つめて言った。

「この間、母親の墓参りで帰省したんだ。その時おまえのお母さんに、帰ってないって聞いて、びっくりした」

それでは母親から居場所を聞いてここに来たのか。確かに偶然の再会だったらでき過ぎている。

「帰ってても帰ってなくても、颯には関係ないだろ。颯の邪魔したりするつもりないから、安心してよ」

「そんなことを言いにきたわけじゃない」

「じゃあ、なんの用？」

颯は少しためらうような考えるような間をおいたあと、ぼそっと言った。

「借りを、返しに来た」

「……なにそれ」

「上京してから八ヵ月、支えてくれた借りを返しにきた」

その短い言葉から、諒矢は颯の真意を図りかねた。

つまり「借りがある」と思うことすら我慢ならないほど、俺がウザいってこと？

猜疑心《さいぎしん》にとらわれながら、諒矢は颯の真意を問《と》い質《ただ》せなかった。

こうして目の前に立たれると、思わず手を伸ばしたくなるほどに、今も颯が好きだった。

だからこそ、もう傷つきたくなかった。

「別に何も貸してない」

「……諒矢はずっと俺のために尽《つ》くしてくれた」

水仕事のバイトで手が赤むけになったことを思い出して、バツの悪さに顔に血がのぼった。くたくたになるまで働いて、颯と夢を共有しているような自己満足に浸《ひた》っていた十八の自分。今の颯なら、あの八ヵ月分の諒矢のバイト代を、一日で稼《かせ》ぎ出《だ》せるかもしれない。

「関係ないよ。俺が好きでやってたことなんだから」

ぶっきらぼうに言ってから、「好き」という言葉に意識がいく。

颯は自分の気持ちに当然気付いていただろう。単なる幼馴染の域《いき》を超えた、強い想いに。そんなことはなかったと言《い》い逃《のが》れようとすれば、却《かえ》って不自然になると思った。

「颯が好きだったから、力になりたいと思った。それだけだよ」

視線が不安定にぶれないように、諒矢は颯の目をしっかりと見て言った。

「でも、もう二年も前のことだよ。大昔に終わったことだ」

店の中から大森がチラチラとこちらに視線を送ってくる。闇の中の立ち話の相手が颯とわかっているようで、顔は出さないが気にかけてくれているらしい。

「俺、今は好きな人と一緒に暮らしてて、超幸せだから」

嘘に巻き込んでごめんなさい、と心の中で大森に手を合わせながら、諒矢は大森を親指でさし示して言った。

闇の中で、颯が軽く目を見開くのがわかった。

「借りとか貸しとか、ややこしいこと言われても、かえって迷惑だから。俺の生活の邪魔しないで」

手を伸ばせば触れられる距離にいる颯に自分から背を向けるのは、息が止まりそうに苦しいことだった。

「颯だって、こんなところをうろうろしてるヒマはないんじゃないの？　早く帰った方がいいよ」

メニューの黒板を抱《かか》えて、諒矢はもう颯の方を振り向きもせず店の中に戻り、音高く鍵《かぎ》を閉ざした。

カウンターの向こうから、大森が肩をすくめてみせた。

「やっぱりバンドでやり直したいって？」

見て見ぬふりでもなければ、根掘り葉掘り訊くでもない、前回と同じこの適度な茶化し加減が諒矢の波だった心を少し癒《いや》した。

「颯には俳優の方が向いてるからって、宥《なだ》めておきました」

大森の茶化しに乗っかっておどけてみせる。

窓の向こうの夜の中に、すでに颯の姿はなかった。

「バンドって何？　ソウって誰？」

カウンターで宿題をやっていた郁人《いくと》が、興味津々《しんしん》な様子で話に口を挟《はさ》んでくる。

「諒ちゃんな、昔、戸賀崎《とがさき》颯とバンドやってたんだって」

カウンターを拭《ふ》きながら大森がうそぶくと、郁人は目を輝かせた。

「うっそ、マジで？　すげー！　だったらリコーダー教えてよ。明日までに『聖者の行進』を
カンペキに練習しておかないとヤバいんだけど」

「いや、バンドとリコーダーは関係ないから」

「そうなんだ。諒ちゃんは何の楽器やってたの？」

「ええと……マスカラ？」

「マラカスのこと？」

「あ、そうそう、そうとも言う」

「なんか超うそっぽいんだけど」

頬を膨《ふく》らませた郁人を、彩《あや》が「お風呂よ」と呼びに来た。

やがて風呂の方から、調子はずれなリコーダーが聞こえてきた。

何なんだよ、借りを返すって。

颯の出現によってかき乱された心は、凪《な》ぐことなくざわついていた。

昔馴染に成功した姿をひけらかしにきたとか？

露悪的《ろあくてき》にそんなことを考えてみるものの、颯はそんなタイプではなかったし、仮《かり》にそうだっ
たとしても、嫌悪も侮蔑《ぶべつ》も感じなかった。どんな颯でも好きだと思う自分は、相当病んでいる

のだろう。だから余計に会うのがキツい。どんな颯でも、颯にどんなことをされても、嫌いになれない。だから颯のそばにいたら必ずまた死ぬほど痛い思いをする。

いずれにしても、あんな突っぱね方をしたら、二度とここに現れたりはしないだろう。

もう会えないなら、もう少ししっかりと颯の姿を記憶に焼きつけておけばよかったなどと未練がましく思った時、テレビの中から颯の声がした。炭酸飲料のＣＭだった。

生身の颯には会えなくても、颯が活躍《かつやく》し続ける限りはこうして一方的に颯の姿を見聞きすることはできる。

それはこのうえない幸せなのか、それとも拷問《ごうもん》なのか。

よくわからないけれど、たとえ苦しくても颯が元気でいてくれさえすればいいと揺れる心をなだめて、諒矢は床をぴかぴかに磨《みが》き上《あ》げることに気持ちを振り向けた。

もう現れないだろうという諒矢《りょうや》の推測は、あっけなく外れた。

その一週間後、颯《そう》はまた店にやってきた。前の二回とは違って、モーニングがランチにかわる直前という早い時間帯だった。

Uネックの生成《きな》りのセーターに淡いグレーのジャケットを羽織った颯は、息を呑《の》むほど美しかった。静かに店に入ってきてカウンターの一番隅の席にジーンズの長い足を組むまでの一連の動作を、諒矢はただぼうっと目で追ってしまった。

はっと我に返り、何をしにきたのだと抗議しようと歩み寄った諒矢に、颯はモーニングのメニューのフレンチトーストを指さして、「これ」と言った。

客だという意思表明をされ、言葉に詰まる。一介《いっかい》のアルバイトである諒矢に客を追い出す権限はないし、下手《へた》に言い合いになって、ほかの客の注意を引いても困る。

オーダーを入れに行くと、大森《おおもり》が顔を寄せて小声で「よほどバンドに未練があるらしいな」と失笑した。

颯のフレンチトーストが焼き上がると同時にランチタイムに切り替わり、近くの銀行の早番の行員たちの来店を皮切りに昼時の混雑が始まる。

座席の位置のせいか、下手に変装などしていないのが却《かえ》っていいのか、颯は驚くくらいきれいにオーラを消して、誰にもその存在を気付かれぬまま、カウンターで静かに台本らしきものをめくっていた。

忙しくてそれどころではないというふうを装いながら、諒矢は颯の存在が気になって、胸のあたりがずっとそわそわしていた。颯は颯で、諒矢が大森からオーダーの品を受け取ったり、ちょっとした会話を交わすたび、チラッと視線を投げてきた。

三十分ほどしたところで、颯が携帯を取り出した。ディスプレイに目を落としたあと、諒矢の方に視線を寄こし、コーヒーカップの下に千円札を挟《はさ》んだ。

釣《つ》り銭《せん》を出す間もなく、颯は店を出て行き、路駐《ろちゅう》の黒いバンの後部座席に乗り込んで去っていった。

その日から三日続けて、颯は同じ時間帯に姿を見せた。店が多忙な時間だから話しかける間もなく、颯は颯で、十分とたたずに慌ただしく出て行ってしまう日もあった。

その後三日ほど姿を見せなかったと思ったら、その次の日は、初めてやってきた時と同じように閉店後の片付けをしているところに現れた。

身を守る盾《たて》のようにメニューの黒板を抱《かか》えた諒矢に、颯がぼそっと言った。

「少し話せないかな」

諒矢は無言で颯を見つめ返した。疼《うず》くような恋しさと、傷つくことを恐れる気持ちとが相半《あいなか》ばする。二人の間を、乾いた音を立てて落ち葉が転がっていった。再会した日と比べて、風は随分《ずいぶん》冷たさを増していた。コットンシャツにエプロンをかけただけの諒矢は、ぶるっと身をすくめた。

レトロなドアベルの音と共に、店のドアが内側から開き、大森が顔を出した。

「そんなところで立ち話してたら寒いだろう。中でココアでもどう？」

諒矢が口を開こうとしたとき、背後から女の子の笑い声がした。振り向くと塾帰りらしい女子高生の二人組が、こちらに歩いてくるところだった。通りは薄暗いが、街灯と店の明かりで、颯の顔ははっきりと識別できる。店のランチの客と違って流行に敏《さと》そうな十代の少女ならすぐに戸賀崎《とがさき》颯だと気付くだろう。

「入って」

騒ぎになるのを恐れて、諒矢は颯を中へと促《うなが》した。

颯がコートを脱いでいる間に、大森に招かれてカウンターの中へココアを取りに行く。大森はミルクパンのココアを二つのカップに注ぎ分けながら、諒矢に顔を寄せて小声で言った。

「売れっ子俳優がこうも頻繁《ひんぱん》に訪ねてくるってことは、よほど諒ちゃんと話したいことがあるんだろう。一度ちゃんと話してみたら?」

それからポンと諒矢の肩を叩いた。

「上にいるから、何かあったら声かけて」

心遣《こころづか》いにぎくしゃくと笑んで頷いてみせる。

視線を感じてふと振り向くと、颯が窓際の椅子にかけてじっと諒矢と大森のやりとりを見ていた。

諒矢はテーブルにココアを運んで、颯の向かいに腰をおろした。

ココアの湯気ごしに、しばらく沈黙《ちんもく》が続いた。

以前は、颯との沈黙を居心地悪く感じたことなどなかった。颯が何も言わなくても、その時の気分や考えていることが手に取るようにわかると思っていた。けれどそれが勘違いと思いあがりの産物だったと知ってしまった今となっては、沈黙はひどく気詰まりだった。

最初に口を開いたのは颯だった。

「幸せそうだな」

店の奥へと消える大森を目で追いながら言う。

「そっちこそ熱愛とかなんとか騒がれてるじゃん」

諒矢が返すと、颯は何も言わずにただ諒矢の目を見つめ返してきた。

急に不安がきざす。今の自分の言い方に、嫉妬《しっと》めいた気配が混じったりはしなかっただろうか。

諒矢は言い訳のように早口でまくしたてた。

「たまたま、店のテレビで見たってだけだよ。俺、普段はテレビも雑誌もほとんど見ないから、颯が売れっ子俳優になってるっていうのも最近まで知らなかったし、颯がここに訪ねてくるまで、颯のことなんかすっかり忘れてた」

そこまでひといきに言って、今度は素《そ》っ気《け》なさ過ぎて不自然じゃなかったかと焦《あせ》る。

「でも、よかったよ、颯が成功して。お互い幸せでなによりだね」

鷹揚《おうよう》なふうに言ってみせて、それもまたわざとらしいと思う。一人でぺらぺらと喋《しゃべ》っている自分が、急に子供じみて滑稽《こっけい》に思えた。

昔から大人びていた颯だが、二年の間にさらに差が広がった感がある。安価なカジュアルブランドの洗いざらしのシャツに身を包んだ自分とは違い、颯はカジュアルでもやはりどこか一般人とは違う雰囲気《ふんいき》があった。

Vネックの黒いセーターの襟元《えりもと》にはシルバーと革ひもの二本のネックレスが覗《のぞ》いている。革ひもの先はセーターの内側に入っているが、シルバーの方にはクロスのトップが揺れていた。高校時代にピアスをあけた諒矢とは対照的に、昔の颯は装身具の類《たぐい》を身につけたりしなかった。

それだけでも諒矢の目には颯が昔とは別の人間のように見えた。

長い指をテーブルの上で組んで少し考え込むようにしたあと、颯は諒矢の目を見て静かに言った。

「二年前のこと、謝らせて欲しい。あんな言い方、するべきじゃなかった」

『ウザい』

『迷惑なんだよ』

今思い出しても身を切られるような気がする、冷ややかな颯の言葉。

けれど諒矢はなんでもないように笑ってみせた。

「いまさらいいよ、そんなの。確かに俺ってウザかったよな」

何か言おうとした颯を遮《さえぎ》って、諒矢は明るく言った。

「颯に突き放してもらったおかげで、結果的には今の幸せを手に入れたんだし」

空々しい台詞《セリフ》が少しでも真実味を帯びて聞こえますようにと祈る。

本当は死ぬほど傷ついた。今でもその傷は癒《い》えていない。でも、そのことを口にして颯を糾《きゅう》弾《だん》したら、きっと傷口からまた血が溢《あふ》れだしてすごく辛《つら》い思いをする。

颯の目が内心を見透かすようにじっと諒矢を見ていた。だから諒矢はぶれないように微笑《ほほえ》んでみせた。

颯もきっと、ずっと後味の悪い思いをしてきたのだろう。傷つけた方だっていい気持ちはしないはずだ。暴言を詫《わ》びることで後味の悪さを払拭《ふっしょく》したいのか、あるいは人気者となった自分の過去を諒矢が恨《うら》みからマスコミにリークしたりしないように、口止めしたいのか。

颯がそんな人間でないことはよく知っている。でもそもそもよく知っているという思い込みがかつての別離を招《まね》いたことを思えば、知っているなんて考えるのは傲慢《ごうまん》なことだ。颯は本当に口止めにきたのかもしれない。

人知れずぐるぐると思考をめぐらす諒矢に、颯が躊躇《ためら》いがちな口調で言った。

「田舎《いなか》には帰らないのか。おばさん、淋《さみ》しがってるだろう」

「母さんには山下《やました》さんがいるから、心配ないよ」

再婚相手の名をあげてさらっと返す。

上京してしばらく、母親から頻繁《ひんぱん》に帰郷を促す電話があったのは確かだ。一緒に暮らしていた颯にも、その記憶が残っているのだろう。

十八といえば親元を離れるに十分な年齢だというのに、母親は幼馴染について行きたいだけの上京など幼稚《ようち》すぎると言って、諒矢を引き戻そうとやっきになっていた。どうやら再婚で気持ちにゆとりができたことで、これまで放っておいた息子のことが急に気になり始めたらしかった。

今になってみれば、自分の上京理由は確かに幼稚極《きわ》まりなかったと思う。でも、幼少時の育児放棄《ほうき》を十八を過ぎた息子相手に埋《う》め合《あ》わせようという発想だって、相当幼稚だと思う。それが母親という生き物の性《さが》だと理解するには、諒矢はまだ若すぎた。

うるさいことは何ひとつ言わない大森から、唯一《ゆいいつ》、家族にはきちんと居場所を伝えておくようにとだけ諭《さと》され、住み込みで働き始めたことをメールで知らせた。その後もちょこちょこと連絡を寄こしはしたが、一度大森が電話で話してくれてからは、母親の心配も落ち着いたようだった。

「東京にいるなら、時々こうして会えないか」

颯が言った。何かもっと多くを語ろうとして、結局その短い一言に終わったような、どこか中途半端で平坦《へいたん》な抑揚《よくよう》だった。

その言葉の裏側を読もうとしてすぐにやめた。テレパシーを気取って痛い目を見るのは、もうこりごりだった。

「借りとかいうのを返してくれるために?」

声が少し尖《とが》る。

「……勝手なことを言ってるのはわかってる。二年前のことを思えば、諒矢の前に顔を出す権利もないって」

颯はじっと諒矢を見つめて言った。

「昔の関係に戻りたいなんて、虫のいい話だけど」

和解の申し入れに、諒矢の胸は息苦しくざわついた。

いまさらなんだよと腹立たしく思う気持ちの裏で、ばかみたいにきゅんとしている自分がいる。

昔の関係というその定義からして、諒矢と颯の間には隔《へだ》たりがあるというのに。

諒矢は勝手に恋だと思っていた。今でも恋心は継続中だ。でも颯にとってはせいぜい兄弟のような幼友達といったところだろう。

諒矢はココアのカップを覗《のぞ》きこんで、揺れる気持ちと向き合った。

遠くから見ている方が、きっと心は穏やかでいられる。けれどこうして目の前に颯がいて、和解を申し出ているこの誘惑に、抗《あらが》うことは難しかった。

普通の幼馴染に戻ることは可能だろうか?

感情的には不可能だが、表面的に取《と》り繕《つくろ》うことは多分できると思った。颯には女優の恋人がいるし、諒矢は大森と同棲《どうせい》していることになっている。

「人気俳優が幼馴染なんて、ちょっと自慢できるよね」

諒矢は軽い調子で言ってみせ、和解を受け入れたしるしに携帯を取り出した。

自分はなんて愚《おろ》かなんだろうと思う。あれだけ傷ついたのに、懲《こ》りずに目先の誘惑に負けている。

颯が微《かす》かに表情を緩《ゆる》め、自分の携帯を取り出した。

赤外線通信の操作のために携帯に視線を落とす颯の端整な顔を、諒矢はそっと盗み見た。

あの薄い唇に一度は触れたのだと思い、すぐにそれが夢だったことを思い出す。

あんな夢のことなど、もう思い出してはいけない。これから颯とは普通の幼馴染に戻るのだ。

赤外線の送受信が終わるやいなや、颯の携帯が振動音を響かせた。

ディスプレイを見て、颯は小さなため息をついた。

「ごめん。近いうちに連絡する」

颯は上着をつかんで、表へと飛び出し、路駐のバンの中へと消えた。

颯の後ろ姿から、アドレスが登録された携帯に視線を移して、ふと思う。

普通の幼馴染ってどういう感じだっけ？

恋心をはっきり自覚する前から、颯への気持ちは恋だったと、今は思う。普通の幼馴染という感覚が、だから諒矢にはよくわからなかった。

再び窓の外へと目をやると、颯の乗った車が忙《せわ》しなく走り去るところだった。

一瞬和解に応じたことを後悔したが、結局何回同じ場面をやり直しても、自分は颯の申し入れを受け入れてしまうに違いないと、どこか自虐的《じぎゃくてき》に思いながら、諒矢は湯気の消えたココアにそっと口をつけた。


耳障《みみざわ》りなハウリングに、諒矢《りょうや》と颯《そう》は二人して眉《まゆ》をひそめ、マイクを口元から離した。

「カラオケのマイクって、二本一緒に使うとよくハウリングを起こすよな」

失笑しながら自分のマイクの電源をオフにする颯を、諒矢が制した。

「こっちを切るから、颯が歌ってよ」

「俺は諒矢の歌が聴きたい」

「颯が入れた曲じゃん」

譲《ゆず》り合《あ》いの末、結局二人ともマイクを置いてしまう。

狭《せま》い個室に、コブクロのバラードが響き渡る。ボーカルのないその旋律《せんりつ》が、部屋の中のぎこちない空気を余計に強調しているような気がして落ち着かず、諒矢は次の曲を探すそぶりでリモコンの液晶画面をタッチペンでコツコツ叩いた。

和解後、半月ほど颯はぱったりと店に姿を現さなかった。結局後味の悪さを払拭《ふっしょく》するために和解したかっただけで、和解したことで颯の中ではもう終わったことになったのかもしれないと、安堵《あんど》半分気抜け半分で思っていたら、今日の昼過ぎに『今から遊ばないか』というメールが入った。

逸《はや》る心を抑えつつ『たまたま定休日でヒマだから、いいよ』と素《そ》っ気《け》なさを装った返事を送ると、『知ってる。店の前にいるから』という返信があった。

窓の外には、いつものバンではなく颯個人のものらしいグレーメタリックのプラドが停まっていた。心拍数があがるのを感じながら、諒矢は慌てて着替え、プラドの助手席に滑《すべ》り込《こ》んだ。

行きたい場所はないかと訊《き》かれ、近場で人目につかないところがいいと答えた。

車という密室で颯と長時間ドライブするのは正直気詰まりだったし、かといって颯のような有名人と人目につく場所に行くのも落ち着かない。

ちょっと考え込んだ颯が最初につれて行ってくれたのは、映画館だった。空席の多い劇場で、ほどほどにヒット中の邦画を観た。

上映中ずっと落ち着かなかったのは、颯が隣にいるというシチュエーションに加えて、その映画に北見《きたみ》エリが出演していたためだった。好きな男の隣で、その恋人の映画を観るというのは、なかなか複雑な心境だった。

映画のあと、すぐ近くのこのカラオケ店に入った。『近場で人目につかない場所』という諒矢の希望を可能な限り叶《かな》えてくれているらしかった。

カラオケなんて久しぶりだった。高校時代にはよく行った。大勢でワイワイということもあれば、颯と二人のこともあったけれど、こんなふうにバカみたいに緊張したことはなかった。

なんだか息苦しくて、落ち着かなかった。嫌なわけではない。むしろこんなふうに会っていることが夢のようだと思う。けれどそわそわと気持ちが不安定に揺れ動く。

隣で長い足を組み、ジンジャーエールのグラスに唇を寄せる幼馴染への恋心を、強く意識してしまう。

コブクロが終わっても次の曲を選びあぐねて、諒矢はリモコンをテーブルの向こうに押しやった。

「退屈？」

諒矢の態度がぞんざいに見えたのか、颯が静かに訊いてきた。

「別に。どうせ今日は仕事が休みだから、部屋にいたらもっと退屈だったし」

斜に構えたような自分の喋《しゃべ》り方《かた》に、なんとも据《す》わりの悪さを感じる。

颯と接する時の諒矢は、以前はこんなキャラクターではなかった。昔の自分は、あるじへの好意を全身で表現する犬のようだったと思う。その鬱陶《うっとう》しさが一度は颯をうんざりさせ、関係を破綻させる原因となったのだと思うと、もう以前のように感情を率直に表すことはできなかった。

普通の幼馴染というのはこんな感じだろうかと探りながら喋っているせいで、妙に素っ気なかったり、わざとらしかったり、言動がぎくしゃくしてしまう。

「恋人との休日を邪魔されて、不機嫌なのかと思った」

さらっと言う颯に、自分がでっちあげた設定を思い出した。

「大森《おおもり》さんは、今日は用事があって出かけてるから」

大森一家は、親戚《しんせき》の結婚式に行っていた。

架空《かくう》の設定にそれ以上突っ込みを入れられる前に、諒矢は切り返した。

「そっちこそ、せっかくの休みに誘《さそ》う相手が違うんじゃないの？」

「どういう意味？」

「……さっきの映画に出てた人、彼女なんだろ」

言わせるなよ、白々しい、という思い。

「エリは今日は仕事だよ」

エリ、と呼び捨てにする口調に、胸がきゅっとなった。

「大変だね、人気者同士、休みが合わないって感じ？」

「ドラマのロケが続いてて、なかなか連絡できなかったんだ。今日はやっと半日休めた」

颯の返事は、微妙にピントがずれていた。北見エリの話をしているのに、なぜか諒矢に連絡できなかった理由の説明になっている。

颯には昔からこういうところがあった。口数が少なくて、そのせいで会話が飛躍《ひやく》する。こいつの言葉の行間を読めるのは自分だけだと自負していたこともあった。

けれど「普通の幼馴染」の諒矢は、あえて行間を読むことを放棄《ほうき》して、無邪気に訊《たず》ねた。

「そのドラマって、いつ放映?」

「来月から」

「からってことは、連ドラ?」

「ああ」

「へえ。俺も観てみようかな。何時?」

「九時。まだ仕事が終わってないんじゃないのか」

「かも。まあ観れる日があったら観てみるよ」

録画して観る、くらいの愛想《あいそ》があっても、幼馴染の域《いき》からは逸脱《いつだつ》していなかったかもとちょっと思う。さして興味もなさそうなそぶりをしながら、そのドラマの情報を諒矢はとっくに知っていた。学生の群像劇で、颯が主役の一人を演じることも。

そんな人気者と、カラオケ店のちゃちな個室でだらだらしているのが、なんだか現実離れして不思議な気がした。

「飲み物、おかわりする？　俺、なんか食おうかな」

なんとなく間が持たなくて、諒矢はメニューを片手に立ちあがり、壁掛けの内線電話に手を伸ばした。

不意に後ろからグイッと引っ張られた。

「これ、何？」

ジーンズの尻《しり》にぶら下がった鯉《こい》のぼりを、颯が物珍《ものめずら》しそうにつまんでいた。

「最新の携帯入れ」

「……明らかに違うだろう」

「元はエコタワシだけど、かわいいだろ？」

「まあ、おまえがぶら下げてると妙に似合うけどな」

「店の常連のおばあちゃんにもらったんだ」

諒矢の説明に、颯はふっと微笑《ほほえ》んだ。

「おまえって、昔から年齢問わず女に人気あるよな」

「それはそっちだろ」

人気俳優が何言ってやがると言い返すと、颯はエコタワシを矯《た》めつ眇《すが》めつしながら肩をすくめた。

「そういうんじゃなくてさ。すぐに場の雰囲気《ふんいき》に馴染んで、誰からも好かれるっていうか」

「お調子者ってことじゃん」

陽気だがどこか頼りない諒矢は、確かに友人からも大人たちからも何かと構われるタイプだった。翻《ひるがえ》って颯は無口でとっつきにくいところがあり、みんなとワイワイというタイプではなかったが、遠巻きに憧《あこが》れと羨望《せんぼう》の眼差《まなざ》しを集めていたことは、近くにいた諒矢はよく知っている。

鯉のぼりをもてあそびながら、颯がゆっくりと視線をあげた。ソファにかけたままの颯と、立ち上がって半身をよじった諒矢と、微妙な距離感のまま見つめ合うはめになる。心臓が落ち着きなく不穏な鼓動《こどう》を刻みだす。

颯の唇が何か言葉を発するように動きかけた時、不意に諒矢の携帯が振動しはじめた。咄嗟《とっさ》に腰にのばした手が颯の手と重《かさ》なり、慌ててぱっと手を引く。

「あ、……っと、ごめん、電話、待ってて、ちょっと」

何を上《うわ》ずってるんだと自分に舌打ちしながら、諒矢は部屋の外に出た。

電話の相手は母親だった。ひとつ大きく息を吐いて、通話ボタンを押した。

「なに？」

素っ気なく問いかけると、母親が失笑をもらした。

『そんな迷惑そうな声を出すことないじゃない。今日はお店、定休日でしょう？　元気にしてるかなと思って』

母親からは月に一、二回こうして安否《あんぴ》を気遣《きづか》う電話がかかってくる。上京したばかりの頃は子供扱《あつか》いの過干渉《かかんしょう》に鬱陶しさしか感じなかったが、離れて過ごした月日の間に諒矢も多少は大人になった。心配してくれる親心は素直にありがたいと思う。ましてや今は颯との妙な空気を絶妙な間合いで断ち切ってくれて内心ほっとしていた。

ひとしきりお互いの近況を尋《たず》ね合《あ》ったあと、母親が期待に満ちた声で言った。

『ねえ、今年の年末年始はこっちで過ごせそう?』

「うーん、帰れたら帰るよ」

『去年もおとといもそう言って、結局帰って来なかったじゃないの』

母親が不満げにもらした通り、上京してから最初のお盆に颯と二人で帰省したきり、その後は一度も故郷に帰っていなかった。

『山下《やました》さんも、遠慮《えんりょ》しないで顔見せて欲しいって言ってるのよ』

人のいい再婚相手の顔を思い浮かべる。確かに、血のつながらない男の住む家に帰ることに対する遠慮は大きかった。赤の他人の大森家に居候《いそうろう》していることを思えば遠慮が聞いて呆《あき》れるが、母親の再婚相手という存在は、息子にとっては赤の他人よりもひっかかりが大きい。そういう意味では、諒矢もそれなりに母親への想いは持っているということだ。

「あ、この辺でいいから」

カフェブラウンの通りから二つ手前の赤信号で、諒矢は運転席の颯に声をかけた。

母親からの電話を切ったあと颯の待つカラオケルームに戻った諒矢は、最前の微妙な空気を払拭するように女性アイドルグループの歌を続けざまにハイテンションに歌いあげた。諒矢のおちゃらけたパフォーマンスを、颯は苦笑しながら眺《なが》めていた。空気が変わったせいで、その後は変にぎこちなくなることもなく、ひととき昔の関係が戻ったように過ごした。

帰りの車中では、半日幼馴染を演じた気疲れからもうすぐ解放される安堵と、もう少し一緒にいたかったという名残惜《なごりお》しさで、微妙に心が揺れた。

「店の前まで送るよ」

そう言う颯に、自分の中の名残惜しさを断ち切るべく諒矢はきっぱりと言った。

「ここでいい。大森さん、帰ってきてるかもしれないし、何か誤解されたら困るから」

本当に困るのは、颯に自分の嘘が露見《ろけん》することだったが。

「……わかった」

颯は静かに応じ、店から十メートルほど手前の路肩《ろかた》に車を寄せた。

「また誘っていい？」

颯が横目でさらりと言う。

反則だと思う。戸賀崎《とがさき》颯にそんなふうに言われて、ノーと言える人間がいるだろうか。ましてや諒矢はずっとずっと颯に恋し続けているのだ。キスされる夢まで見るほどに。

安堵と名残惜しさの間で揺れ動いていた気持ちの天秤《てんびん》が、ぐっと名残惜しさの方に傾く。

また今度じゃなくて、このままずっとずっと颯と一緒にいたい。

ハンドルを握《にぎ》る節《ふし》の立った手の甲を眺めながら、諒矢は言った。

「いいけど、今度は北見エリも連れてきてよ。ナマで見たらどれくらい綺麗なのか、見てみたいし」

内心を押し隠すように、わざと明るく軽薄に。

「エリは……」

「冗談だよ。じゃあね、仕事頑張って」

生真面目《きまじめ》に連れて来られない言い訳をしようとしたらしい颯を遮《さえぎ》って、さっさと車を降りた。

振り向きもせず歩道を歩く。物淋《ものさび》しさのせいか、初冬の夜風がいつもよりずっと冷たく感じられ、思わずくしゃみが出た。

カフェブラウンの窓からはうっすらと明かりがもれ、笑い声が聞こえた。すでに一家は帰宅しているようだった。

「諒矢」

ドアに手をかけた時、背後から名前を呼ばれた。

振り返ると、颯が小走りに寄ってくるところだった。

「忘れ物」

バサッとコートを頭にかぶせられる。

諒矢がコートの下から顔を出した時にはすでに颯の姿はなく、ハザードを点滅させて颯の車が走り去るところだった。

寒かったのは単にコートを忘れたせいだったのかと、最前の自分の感傷がおかしくなる。

失笑しながら店のドアを開くと、店内の四組の視線が一斉《いっせい》に諒矢の方に向けられた。

大森一家とトミさんだった。

「諒ちゃん、お帰り！　ねえねえ、今の戸賀崎颯じゃなかった？」

郁人《いくと》が目を輝かせながら駆け寄ってきた。

「あ、いや、うん」

「諒ちゃんが戸賀崎颯とお友達って本当だったのね。せっかくだから寄ってもらえばよかったのに」

彩《あや》も興奮した顔で窓の外を目で追っている。

「やっぱバンド活動再開すんの？　諒ちゃんも芸能人になるってこと？」

「ごめん、あれは冗談。単なる幼馴染だよ」

「なんだよ、冗談かよ。でも戸賀崎颯と幼馴染ってだけですげーじゃん」

「戸賀崎颯って誰だい？」

トミさんが怪訝《けげん》そうに訊ねてきた。

「えー、トミさん、知らないの？　俳優だよ。すっげー人気あるの。あ、ほら、これこれ！」

タイムリーにもカウンターのテレビから颯が出演している携帯のＣＭが流れ出し、郁人がはしゃいで指さした。

この画面の向こうの男と、つい今しがたまで一緒にいたことが不思議な気がした。

「なんだか手足が長すぎて外人みたいでピンとこないわね」

トミさんは眉をひそめた。

「あたしはマスターの方がいい男だと思うわ」

「トミさんは見る目があるねぇ」

嬉しげに目じりを下げる大森に、

「つまり手足が短くて典型的な日本人ってことね」

彩が突っ込みを入れ、場は笑いに包まれる。

「ひでー家族」

むくれてみせる大森は、実際はその年代にしてはかなり長身の男前で、だからこそ遠慮なく笑えるというところもある。

「あ、そうだ。颯にこれ褒《ほ》められたよ。似合うって」

腰の鯉のぼりを指さしてみせるとトミさんの顔が華《はな》やいだ。

「あら。ちゃらちゃらしてるだけかと思ったら、見所があるじゃないの」

お手製のパッチワークのバッグをがさがさと漁《あさ》って、諒矢のものと同じ色合いの鯉のぼりを取り出した。

「これ、お友達にあげてちょうだい」

颯とエコタワシの取り合わせに噴き出しそうになりながら、

「ありがとう。絶対渡すね」

諒矢は恭《うやうや》しく鯉のぼりを受け取った。

「あ、そうそう。今トミさんにリンゴをいただいたのよ。長野の息子さんが送ってくださったんだって」

彩が紙袋の中身を広げてみせる。

「一緒にいただきましょうよ」

「ありがとう。上に荷物を置いてくるね」

「荷物といえば、これ、諒ちゃん宛の荷物」

「あ、すみません」

奥へ行きしなに大森が薄い段ボール箱を渡してくる。コートと箱を小脇に、諒矢は二階の自室にあがった。

コートを放り出して、段ボール箱のガムテープをはがす。中身はネットで注文した週刊誌と男性ファッション誌だった。どちらも颯が載っている。早速掲載ページをめくり、ひとしきり眺めたあとカッターナイフで丁寧《ていねい》に切り取った。

さっきそっけないそぶりで会ってきた相手の写真を大切に切り抜いている自分はなんだか変態っぽいなと思っているところに、不意に携帯がメールの着信音を響かせ、諒矢は秘密を見咎《みとが》められたようにびくっとなった。

しかもメールは颯からだった。タイトルはなく、本文は「風邪《かぜ》ひくなよ。」とたったの六文字。

「……なにそれ」

短いメールに、諒矢はぼそっと突っ込みを入れた。

颯からこういう用件のないメールをもらうのは初めてだった。昔はメールのやりとりなど必要ないほど常に一緒にいたし、たまによこすメールといえば待ち合わせ時間の変更《へんこう》とか、今日は夕飯はいらないとか、用件だけを短く綴《つづ》った、寡黙《かもく》な颯らしいものばかりだった。

じゃあねと別れた直後に、どこか甘い余韻《よいん》を感じさせるこんなメール。恋人同士じゃあるまいしと突っ込んで、そんな思考に動揺《どうよう》する。冗談でも、そんなことを考えてはいけない。惨《みじ》めになるだけだから。

それでも意味のなさが意味ありげなメールの真意を無意識に探ろうとする自分を、強引に納得させる。

コートを車に忘れてくしゃみをしていた自分を見て、単純に「風邪ひくなよ」と思っただけ。

甘い余韻なんて思うのは、自分の願望による勝手な脚色《きゃくしょく》。

切り抜いた記事を貼りつけるために、諒矢はスクラップブックを引っ張り出した。そこからはらりと一枚の記事が抜け落ちた。颯と北見エリの熱愛を報じた女性週刊誌の切り抜きだった。

さっき乗せてもらった颯の車の助手席に北見エリが乗り込むところと、その後車中でエリが颯の耳元に唇を寄せ、親密げになにか囁《ささや》いている写真が載っている。

入手した颯の記事はすべてスクラップしている諒矢だが、これだけは貼るのがためらわれて、挟《はさ》んだままになっていた。

颯からのメールの余韻は、一瞬にして冷めた。

颯にはれっきとした恋人がいるのだ。冗談でもバカな期待など入りこむ余地はない。

気が付いたら黒のマーカーで北見エリの顔を塗《ぬ》りつぶしていた。力任せに塗りたくった油性インクは紙を貫通《かんつう》し、床まで黒く汚していた。

我に返り、そんな自分が空恐ろしくなる。

あれだけ手ひどく振られたのに、二年たった今でも颯の恋人にこんなに強い嫉妬《しっと》を感じている自分。

「諒ちゃーん、りんご剝《む》けたわよ」

階下から彩の声が響いてきた。

「今行きます」

なにごともなかったような明るい声を返して切り抜きをスクラップブックに挟み、ティッシュで汚れた床を拭《ふ》いた。

どんなにごしごしこすっても、油性インクは落ちなかった。

きっと自分の心にも、こんなどす黒いしみがついている。


颯《そう》のマンションはこぢんまりとした2DKの居心地のいい部屋だった。

「散らかってて悪いけど、適当に座って」

コートを脱ぎながら、颯が言う。

「うん」

諒矢《りょうや》はそわそわとソファに腰をおろし、部屋の中を見回した。

前回の逢瀬《おうせ》から十日ほど間があいたあと、閉店後の掃除をしているところに颯から夕飯の誘いの電話が入った。颯もちょうど仕事が終わったところだという。

食べたいものを訊かれて、前回同様とにかく人目につかない場所をと強調した。

一時間後、店の前まで迎えにきた颯の車の中は、おいしそうな匂《にお》いで満ちていた。行きつけのイタリアンレストランで夕飯をテイクアウトしてきたという。そのまま颯の部屋に連れてこられた。

こぢんまりとは言っても、上京してきたときに二人で暮らしていたあのぼろアパートとはまるで比べ物にならない立派な部屋だった。エントランスのセキュリティシステムを見ただけで、諒矢には腰が引けるような住処《すみか》だ。

いったん奥に消えた颯は、戻ってきたときにはコートの下のシャツまで脱いでカットソー一枚で、素足《すあし》だった。キッチンに向かいながら、腕時計とペンダントも外している。

諒矢は思わずくすりと笑ってしまった。

「何？」

颯が怪訝《けげん》そうに横目で諒矢を見る。

「颯って昔からそんなだったなぁと思って。家に帰ると真冬でも靴下《くつした》を脱いで、身につけてるものを外せるだけ外してさ」

颯はちょっと笑んで、腕時計とペンダントをカウンターに放った。

「くつろげないじゃん、余計なものをつけてると」

そう言いながら、カットソーの襟《えり》ぐりから見え隠れしている革《かわ》ひもは外そうとしなかった。

この前に会った時にもつけていた。よほど大切なものなのだろう。たとえば恋人からの贈り物とか。

「ビールでいいか?」

「あ、うん」

返事と一緒に、頭の中の邪念《じゃねん》を蹴散《けち》らす。

余計なことを考えてはいけない。颯とは単なる幼馴染だ。こうやって部屋に招かれるのも、幼馴染だから。それ以下でも以上でもいけない。恋しい男との夢のような時間を失いたくなければ、恋心には完璧《かんぺき》に覆《おお》いをかけなくては。

テイクアウトのメニューは、ピザとパスタと鶏肉《とりにく》の煮込みとサラダ。それからデザートのティラミス。どれもびっくりするくらいおいしかった。

その一流の味が、颯と自分の間の距離を感じさせる。別れたあとに成功をおさめた颯と、相変わらずただ生きるために生きているというだけの自分と。とはいえ卑屈《ひくつ》な気持ちでそう思ったわけではない。自分の知らない颯の二年をこうして垣間見《かいまみ》ることは、ひどく新鮮でときめくことでもあった。

まだ颯に恋をしている、という気持ちと、また颯に恋をしている、という気持ち。

「こんな時間に誘って、恋人に何か言われなかった?」

颯の問いかけに、諒矢はにこやかにかぶりを振った。

「平気だよ。颯のことちゃんと話しておいたから。あんな美人の恋人がいる男なら心配ないって、笑ってたよ」

お互いの恋人の存在を強調することで、何重にも予防線を張る。

俺たちはただの幼馴染。適度なアルコールが、自己暗示を容易《たやす》くした。

颯が冷蔵庫に新しいビールを取りに立った時、テーブルの上の携帯が振動し始めた。

見るともなしに見てしまった。ディスプレイの『ＥＲＩ』という文字。

自己暗示が解けないようにしゃんと背筋を伸ばして、諒矢はカウンターの向こうの颯に声をかけた。

「携帯、鳴ってるよ。ラブラブなカノジョから」

見て見ぬふりなんかしない。遠慮《えんりょ》なくのぞき見したことを告げるのは、幼馴染だというアピール。

颯は缶ビールを手に戻ってきて、携帯に手を伸ばし、その場で通話ボタンを押した。

別室でひそひそやられたりしたらそれはそれで傷つくが、目の前でやり取りが聞こえてくるのもなかなかに居たたまれないものがあった。

こんな時間にどうした？　……なにやってんだよ、もう。飲んじゃって運転できないから、タクシーで行く。すぐに行くからホテルで待ってて。

ぼそぼそとした颯の受け答えに、心臓がズクンズクンと痛い鼓動《こどう》を刻む。

すぐ行く。ホテル。

幼馴染というやわなメッキが剝げ落ちそうで、颯が通話を終えると同時に諒矢はソファから立ち上がった。

「俺、そろそろ帰るよ」

颯は腕時計をはめ直しながら一瞬考え込むように宙を見て、ふいと諒矢を振り向いた。

「悪いけど、一緒に来てもらえないかな」

「え、でも……」

思いがけない申し出に面食らう。

「邪魔だろ、俺が行ったら」

「むしろ助かる」

「何それ」

「エリに会いたいって言ってただろ」

それは本心を見抜かれないための軽口だったのだが、幼馴染としてはここで頑《かたく》なに断るのは不自然な気がした。

「会えるなんてラッキーだけど、向こうが迷惑なんじゃないか?」

「そんなことないよ」

結局、颯が呼んだタクシーで、一緒にホテルへ向かうことになる。

恋人との密会といっても、もちろんラブホテルなどではない。格式のある有名ホテルだった。

エリから事前に部屋番号を知らされているらしく、颯はフロントを素通りした。

「よく使うの、こういうとこ」

「使うわけないだろ、こんな分不相応なとこ」

そう言いながらも、ラグジュアリーなロビーを横切ってエレベーターホールへと向かう足取りは慣れたものだった。

客室の前で颯がインターホンを押したときには、諒矢はついてきたことを激しく後悔していた。

颯が恋人と一緒にいるところを直《じか》に見て、普通にしていられるだろうか。

数秒の間合いのあと、ドアが細く開いた。

顔を覗《のぞ》かせたのは、北見《きたみ》エリではなかった。颯に関すること以外あまり芸能界に詳《くわ》しくない諒矢でもよく知っている、大澤幸則《おおさわゆきのり》という四十代半《なか》ばの人気俳優だった。

「悪いな、戸賀崎《とがさき》くん」

男は片手で拝むようにして颯を部屋に迎え入れた。

「こちらは新顔のマネージャーさん?」

大澤が諒矢に訊《たず》ねてくる。

「いえ、俺は……」

なんと説明したものか口ごもっていると、

「友達です」

颯がさらっと答えた。

「えー、お友達ちょー美人！」

奥からよく通る高い声がして、いきなり北見エリが顔を出した。テレビで見るよりもさらに細くて、カフェオレ色の長い髪に縁取《ふちど》られた顔は驚くほど小さい。諒矢が抱《いだ》いていたイメージよりも口調や仕草が子供っぽいのは、どうやら酔《よ》っているせいらしい。ほんのりと頬が赤く、ただでさえ大きな瞳がとろりと潤《うる》んで色っぽかった。

「おまえいい加減にしろよ。そのうち痛い目を見るぞ」

「私だけ叱《しか》るなんて不公平よ。大澤さんだって同罪なんだから」

「いや、ホントにすまない。エリに『会いたい』って言われると、ノーとは言えなくてさ」

照れくさそうに頭を掻《か》く年上の二枚目俳優に、颯はやれやれという顔をした。

「こんなことが露見《ろけん》したら、奥さんとの離婚調停に影響が出ますよ」

「わかってる。どうもここに入る時に素行《そこう》調査の奴《ヤツ》だか芸能記者だかにつけられてた気がしてさ。それで申し訳ないけどもう一度きみに助けてもらおうと思って」

「とりあえず、エリはこっちで連れて帰りますけど、少なくとも離婚が成立するまでは、大澤さんのためにもエリのためにも、軽率な行動をとらない方がいいですよ」

「その通りだよな。いい歳して何度も迷惑かけて悪いな」

「俺はいいですけど」

ことの成り行きがまったく理解できずにぽかんとする諒矢の目の前で、エリは大澤と熱烈な抱擁《ほうよう》を交わし、名残惜《なごりお》しげに部屋を出た。

「お迎えご苦労さま」

尊大に言うエリの頭を、颯が小突いた。

「ふざけんなよ。人の貴重なオフをじゃましておいて」

「ごめんなさーい。でもこのピンチを救ってくれるのは颯しかいないし」

「ピンチになるようなことするなよ」

「頭ではわかってるのよ。でも、どーしても大澤さんに会いたかったんだもん」

拗《す》ねたように言って颯にしなだれかかる。

絵に描いたように似合いの美男美女のカップル。けれどエリの発言からしても、今見た一連の出来事からしても、事実はちょっと違うらしい。

ふいとエリが諒矢に腕を絡めてきた。

「いっそ美人のお友達に乗り換えようかな。一般人なら、人目なんか気にしなくてもいつでも会えるし」

「気安く触るなよ。諒矢がビビってるだろ」

「諒矢くんっていうんだ。わーい両手に花！」

引《ひ》き剝《は》がそうとした颯の腕を逆につかまえて、エリは颯と諒矢に体重を預けて酔っ払いらしいテンションでころころと笑った。

ヒールの高いブーツをはいたエリの身長は、諒矢とほとんど変わらない。長い髪がふわふわと揺れるたびに、うっとりするようないい匂《にお》いがした。

「悪いな。ちょっとだけ我慢して」

エリの頭越しに、颯が言う。

「いいけど……」

ことの成り行きを目で問《と》い質《ただ》そうとすると、颯は「あとで」と目で制し、

「とりあえず、仲良し三人組って感じで頼む」

と無茶なことを平坦《へいたん》な声で依頼してきた。

エントランスの車寄せでタクシーに乗り込み、颯が行き先を告げた。エリを家まで送り届けるらしい。

「……気持ち悪い」

タクシーに乗ってからやけに大人しいと思っていたら、二十分ほど走ったところでエリが口元を覆ってうめいた。

「バカ、ちょっと我慢しろよ」

「我慢できないー」

タクシーは見慣れた通りを走っていた。次の信号を左折して数十メートル走れば、カフェブラウンだ。

「そこ、左折してください」

諒矢が運転手に声をかけると、颯がその意図を察したように眉《まゆ》をひそめた。

「迷惑だろ、それは」

「緊急事態にそんなこと言ってられないだろ」

カフェブラウンの前でタクシーを降り、入口の鍵《かぎ》をあける。颯は軽々とエリを抱《かか》えあげて奥の化粧室に運んだ。どうやらギリギリセーフだったらしい。

ミネラルウォーターでも用意しておこうとキッチンカウンターに回りこんだところで、二階からパジャマ姿の彩《あや》が降りてきた。階下の騒音を不審に思ったらしい。

「なにかあった?」

「す、すみません、騒がしくして。ちょっと友達が酔って具合悪くしちゃって……」

「あらあら、大丈夫?」

彩の心配そうな声に、化粧室のドアが開く音がかぶさった。

中から出てきたエリの姿に、彩は目を丸くした。

「え、なに? なんでうちに北見エリちゃんがいるの?」

化粧室から水音がして、今度は颯が出てくる。彩の目が更《さら》に見開かれた。

「え？　なにこれ、どっきり企画？　カメラどこ？」

颯もたじろいだように目を見開き、彩を上から下まで眺《なが》めまわした。一瞬後、背筋を伸ばして頭を下げた。

「夜分にご迷惑をおかけしてすみません。連れが体調を崩《くず》してしまって、トイレをお借りしました」

「まあ。大丈夫？」

彩が母親の表情になって、エリに声をかける。

「大丈夫です。こんな時間にごめんなさい」

エリも殊勝《しゅしょう》げに頭を下げた。やや顔色が悪いものの、すっきりした顔をしている。

「横になった方がいいんじゃない？　散らかってるけど、奥にどうぞ」

「いえ、もう連れて帰りますから」

颯はそう言って、自分のコートを酔いざめのエリの肩に着せかけた。その様子を見て、彩が両手を頬にあてて思わずといった様子で身悶《みもだ》えた。

「素敵。ドラマみたい」

「何の騒ぎだ、いったい？」

奥から声がして、大森《おおもり》が顔を出した。その傍《かたわ》らで眠そうに目をこすっていた郁人《いくと》が、客の姿を見て一瞬で覚醒《かくせい》した顔になった。

「うっそ、なに？　なんかのロケ？」

「お友達が具合悪くなっちゃったんですって」

「えー、なんで諒ちゃんの友達って芸能人ばっかなの？　すごすぎじゃん！」

「かわいいきみ、お名前は？」

エリがしゃがんで郁人のほっぺたをうにうにとひっぱった。薄暗い店の中でもはっきりわかるほど、郁人の顔が紅潮《こうちょう》する。

「大森郁人」

「郁人くん、ハンサムだね。うちの事務所に入らない？」

「え、マジで？　じゃなくてマジですか？　じゃなくてホント？」

「冗談に決まってるでしょう。ほら、寝ないと明日学校に遅刻しちゃうわよ」

彩が郁人を二階へと追い立てる。

「諒ちゃん、何か温かい飲み物でも作ってあげなよ」

大森はキッチンを指さしてみせ、「ごゆっくり」と鷹揚《おうよう》な笑みを残して、二階へと戻って行った。

「悪かったな、騒がせちゃって」

諒矢に向かってきまり悪げに言うと、颯はエリの肩に手をかけて表に促《うなが》した。エリはその手をするりとすり抜けた。

「私こそごめんね。颯がお友達と一緒だったなんて知らなかったから、わがまま言って呼びだしちゃって。私は加藤《かとう》さんに迎えに来てもらうから、二人でのんびりして」

「もうのんびりって時間じゃねーよ。それにマネージャーだって寝てるだろう」

「大丈夫よ。どっちにしても今日中に加藤さんと打ち合わせしなきゃならないことがあったし。……あ、携帯ホテルに忘れたかも」

バッグの中をかきまわしていたエリがのどかな声で言った。

「……ったく」

颯はため息をつくと、自分の携帯を片手に店の隅へと移動した。ホテルの大澤と、エリのマネージャーとに、連絡を入れるらしい。

「仲いいんですね」

颯の意外な世話焼きぶりを見て、諒矢は思わずぼそっともらした。

「うん。同じ事務所の同期だから」

テーブルに気だるげに頬杖《ほおづえ》をついて、エリが微笑《ほほえ》んだ。

「同じ事務所だからっていうより、恋人だからでしょう」

つい言わずもがなのことを言ってしまう。エリは長いまつげをばさばささせたあと、噴き出した。

「諒矢くんって超天然さん？　さっきのアレ見たら、私と颯がそういう関係じゃないってこと、

「一目瞭然《いちもくりょうぜん》でしょう？」

そう言われて、ようやく先程のホテルでの出来事を思い出す。バタバタした流れに、頭がついていけなくなっていた。

「大澤さんとの関係がバレそうで悩んでた時に、颯が助けてくれたの。わざと人目につく場所でデートの真似ごとして」

「相手が誰かってことより、恋愛がらみってこと自体がまずいんじゃないですか？」

「いまどき恋愛沙汰《ざた》くらいでダメージを受ける芸能人なんていないわ。でも、妻子ある男っていうのはさすがに問題があるって私でもわかる。ピュアなイメージで売ってる身としては特に。その点、颯ならむしろイメージアップにつながるわ。もちろん、颯のファンからは憎《にく》まれるけど、颯ほどのいい男に惚《ほ》れられてるっていうのはイメージ戦略としてはむしろプラスに働くと思うの」

黙って聞いている諒矢に、エリはふっと笑った。

「打算的で超嫌な女って思ってるでしょう？」

「……そんなことはないけど、颯の片想いなら、気の毒だなって」

「片想い？　って私に？」

エリは再び噴き出した。

「颯は私に恋愛感情なんかみじんも持ってないわよ。しょうもない妹分として、面倒みてくれてるだけ」

「それだけで恋人のふりなんかするかな。自分の人気にだって影響するかもしれないのに」

「颯はそんなことで人気がどうこうなる俳優じゃないわ。だから安心して甘えられるの」

電話を終えた颯がテーブルに戻ってきた。

「加藤さん、すぐ来るって。説教覚悟しておけよ」

「げっ」

「携帯は、あとで俺が回収しておくから」

「ありがとう。大好きよ、颯」

「調子のいい奴」

それでも恋人同士のように聞こえる二人の会話から離れて、諒矢はキッチンでポットをコンロにかけ、あたたかいゆず茶を作った。

テーブルに戻ると、エリはさっきの悪女ぶった表情とは裏腹な少女の顔で、瞳を潤ませていた。どうやら何か颯と口論していたらしい。

「私だってわかってるよ。今、大澤さんに会ったらまずいって。でも、すっごく会いたいんだもん。我慢して、我慢して、でもやっぱり会いたくて、大澤さんと会えないんだったら生きていても仕方ないって思っちゃうくらい、好きなんだもん。颯にはそんな気持ちわかんないでしょう」

小悪魔な女優の顔ではない、恋する二十一歳の女の子の本音。エリの前にゆず茶のカップを置きながら、諒矢は思わずぽつりと言った。

「わかります」

え、とエリが顔をあげる。

「人を好きになるって、そうですよね。理屈ではわかっても感情がおいつかなくて、まわりが見えなくなっちゃうくらい夢中になっちゃって、ただもう好きで好きで、その人が自分の全部で……」

颯を追って東京に出てきた十八の自分の気持ちを思い出して口走り、ふと自分を見上げる二対《つい》の目に気付いて言いやめる。

エリの細い腕が伸びてきて、諒矢のウエストをぎゅっと抱いた。

「そう、まさにそんな感じ。諒矢くんもそんな恋をしてるんだね。仲間がいて嬉しい」

「あ、いや、想像で言ってみただけで、俺はぜんぜんそういうのじゃないから。仲間になれなくてすみません」

いろんな意味でどぎまぎしながら慌てて言い訳してみせる。

エリは諒矢の腹に額をつけたままかぶりを振った。

「わかるって言ってもらえるだけで嬉しい。大澤さんのこと、誰にも賛成してもらえてないから。別に賛成とか応援とかが欲しいわけじゃないんだ。ただわかるよって言って欲しかったの。

それだけ」

店の前にタクシーが横付けされた。エリの迎えが来たらしい。泣いているのかと思ったけれど、諒矢のシャツから顔をあげたエリは、さっきまでの美しい女優の顔で笑っていた。

「また遊んでね」

「かわいい人だね」

ヒラヒラと手を振って、確かな足取りで店から出て行った。

その後ろ姿がタクシーの中に消えるのを見送って振り返ると、颯とまともに視線がぶつかった。

「さっきの大森郁人って子、大森さんの息子？」

だしぬけに問われて、ぽかんとなる。

「そうだよ」

「で、あのパジャマ姿の女の人は奥さん？」

「そうだけど……」

唐突な話題転換についていけず怪訝に眉をひそめかけ、はっとした。

好きな人と暮らしていると話してあったのだ。とってつけた設定だったから、エリの騒動ですっかり忘れていた。

「いったいどういうことだよ」

「どういうって……プライベートなことだから、細かいことは言えない」

不自然に誤魔化す自分の言葉に呆《あき》れる。プライベートなことって、それこそ芸能人じゃあるまいし。

「とにかく俺は大森さんのことが好きってだけだよ」

有無を言わせず強引に結論付け、颯の探るような視線を避けて俯《うつむ》いた。

こんな辻褄《つじつま》の合わないことを言うくらいなら、いっそ本当のことを話すべきなのかもしれない。けれど好きな相手がいると思っておいてもらわないと颯への恋心を見抜かれてしまいそうだったし、そもそもいまさら打ち明ければ、嘘をついた理由を質《ただ》されて、結局自分の気持ちが露呈《ろてい》しそうで怖かった。

「それで、エリの気持ちがわかるって言ったのか」

颯がぼそっと呟いた。諒矢が颯を思い浮かべて言ったさっきの言葉を、妻子ある男に恋する気持ちに共感したと思い違いしたようだった。

「大澤さんみたいに離婚を決めてるならともかく、仲良さげな夫婦だよな。そこに恋人を同居させてるってどういう神経だよ」

「あ……ええと、ごめん、大森さんのことを恋人みたく言ったのは、願望っていうか見栄っていうか……。ホントは俺の片想いなんだ」

しどろもどろに説明する。両想いだろうと片想いだろうと、諒矢の気持ちのベクトルが颯以外の人間に向いているということを強調できればもはやなんでもよかった。

「大森さんは諒矢の気持ちを知らないってこと?」

「もうやめよう、こういう話」

これ以上突っ込まれたら諒矢の浅知恵では取り繕《とつくろ》えそうになかった。

「俺も颯のややこしそうな恋愛関係に首を突っ込むつもりはないし、颯にも俺のこと干渉《かんしょう》して欲しくない。せっかくこうやって普通の幼馴染に戻れたんだから、もっと気楽なつきあいがしたい」

ウザいとか迷惑だとか、あの冷たい目と声で言われるのは、二度とごめんだった。

「あ、そうだ」

颯が何か言う前に、諒矢は立ち上がってカウンターを回りこんだ。レジ横の棚《たな》にあったトミさんからもらったエコタワシを取ってテーブルに戻る。

「トミさんっていう人が作ってるんだけど、友達に褒《ほ》められたって言ったら、これあげてくれって」

「……別に褒めてないけど」

「似合うって言ったじゃん」

「おまえには、って言っただろ」

「颯にも似合うよ。颯が身につければ何だってスタイリッシュに見えるし。今度、取材の時とかにつけてよ。芸能界にエコタワシ旋風《せんぷう》が巻き起こるかもよ」

バーカと失笑して、颯は大きな手で諒矢の鼻をつまんだ。そんな接触にすら胸をときめかせていることは絶対に知られてはいけない。

「いてーよ」

邪険にその手を振り払い、椅子の背もたれにかかった颯のコートのポケットに強引に鯉のぼりを押し込んで、ベーっと舌を出してみせた。

こんな関係でいい。つかず離れずのこんな友達づきあいをしていけたらいい。

そう思いながら、心の中の波風は凪《な》ぐことがない。エリが颯の恋人ではなかったらしいと知って、ひどくほっとしている自分。だからといって自分がその地位を得ることは絶対にありえないという虚《むな》しさ。

幼馴染という立ち位置は、とても居心地良く、ひどくきついなと思う。


年の瀬に向け、颯《そう》はドラマの撮影《さつえい》とそれにまつわる取材や番宣の仕事で多忙を極《きわ》めているようだった。

そんな颯からは、例の『風邪《かぜ》ひくなよ。』を皮切りに時々短いメールが届くようになった。『寒い』とたった二文字の深夜のロケ現場からのメール。『諒矢《りょうや》にそっくり』などというのら猫の写真付きのメール。大した用件でもないそれらに、大した用件でないからこそひどくときめきながら、諒矢も短いメールを返した。颯によく似た近所のドーベルマンの写メや、『頑張れ(^-^)-☆』と顔文字付きの軽い励《はげ》ましなどを。諒矢が送るのは常に返信で、自分からはメールしない。それは諒矢が自分に課したルールだった。

颯から『エコタワシ発注の件』というタイトルのメールが来た時には思わず笑ってしまった。颯の鯉《こい》のぼりを見て、エリとその友達の女優が欲しいと言い出したのだという。エコタワシ旋《せん》風《ぷう》が現実のものとなっていることが笑えたし、なにより颯があれを身につけているということが微笑《ほほえ》ましくおかしかった。ささやかなお揃《そろ》いだよななどと考え、そんなことを考える自分はバカで滑稽《こっけい》で救いようがないと思った。それでもやっぱり嬉しかった。

恋をしている。そう思った。恋心にはふたをしなければいけないのに、逆に日ごとに想いは強く熱くなる。

恋心は、諒矢を甘くそそのかす。颯のメールの裏のテレパシーを読みとれと。用事もないのにメールを寄こすということは、颯だってもしかしたら……。

儚《はかな》い期待をしそうになるたび、諒矢は自分の心に喝《かつ》を入れた。

テレパシーとかいう大勘違いの思いこみでどれほど自分が痛い思いをしたことか。今、颯がまたこうして友達づきあいしてくれるのは、諒矢が颯に鬱陶《うっとう》しい恋心など抱《いだ》いていないと信じているからだ。見当違いの期待など絶対にしてはいけない。

何度も何度も自分にそう言い聞かせなければならないほど、諒矢は颯のことが好きでたまらなかった。

誰かからのメールをこんなに心待ちにしたことはなかったし、颯からメールをもらった日は何か危険な薬物でも服用したかと思うほどハイになって、頼まれてもいないのに深夜に店中のワックスがけをしたり、台所の換気扇《かんきせん》をぴかぴかに磨《みが》き上《あ》げたりして、大森《おおもり》夫妻を驚かせた。

年末を前に何度も帰省を促す電話をかけてくる母親に対してもいつになくやさしい気持ちになれて、うっかり帰省の約束をしてしまったほどだ。

颯から次の誘いのメールが入ったのは、今年もあと四日で終わるという日の店じまいの時間だった。

『エリから鯉のぼりをせっつかれてる。今日寄ってもいいか。あと一時間くらいで仕事が終わる』

颯にしては長めの文面に、ＯＫとごく短い返信をする。

テレビで颯の顔を見ない日はなかったけれど、直《じか》に会うのは久しぶりだ。楽しみでうずうずしてくる胸に手をあて、落ち着け落ち着けとなだめる。

昔の俺だったら、と諒矢は思う。こんなメールをもらったら、『鯉のぼりなんて口実で、本当は俺に会いたいんだ』などと自惚《うぬぼ》れたことを平気で推察して、颯の言外の気持ちを全部わかったような顔をしていた。颯と恋をしている気になっていた愚《おろ》かな自分を思い出すと、顔から火が出そうになる。

大切な用件を忘れないように、諒矢は磨き上げたカウンターにトミさんのエコタワシを二つ並べた。自分と颯の分とは違う色にしてもらったのは、諒矢のささやかな独占欲だ。

勝手に言外の意味を読むなんてことはもう一切する気はなかったけれど、それでも颯に会えることはただ単純に嬉しくて楽しくて、気持ちが浮き上がるのを止められない。ネルのシャツ一枚で店の前を片付けに出ても、寒さを感じなかった。電光の看板をしまおうとして、ふと泥《どろ》はねに気付く。数日後には大掃除をするとわかっていながらも弾《はじ》けるエネルギーでじっとしていられず、諒矢はバケツを外に持ち出して、鼻歌交じりに看板を磨き上げた。

「こんな寒いところで何やってるんだよ」

大森が表に出てきた。

「そんなのあとでいいよ。風邪ひくぞ」

「全然大丈夫です」

「なんだよ。ご機嫌だな。何かいいことでもあった?」

あと一時間で颯に会えるから、とはもちろん言わない。

「別に何もないですよ」

「帰省でママに会えるのが楽しみ？」

「そんなんじゃないですよ」

「照れるなよ。お母さんは諒ちゃんに会えるのをすごく楽しみにしてると思うぞ。いくつになっても息子は息子。甘えるのも親孝行だ。久々の帰省なんだから、こうぎゅっと抱っこしてもらって存分に甘えておいで」

大森はからかう仕草で諒矢をハグしてきた。

「おいおい、冷え切ってるじゃないか」

温めるように抱擁《ほうよう》の手を強める。

「もうそんなの切り上げて、中であったかいものでも飲もう」

寒さなど感じていなかったが、大森のシャツがひどく温かく感じるということは、自分が相当冷えているということなのだろう。

抱擁を緩《ゆる》めた大森に頷いてみせたとき、大森の目が諒矢の肩越しに何かを認めたように大きく見開かれた。

次の瞬間、大森の身体が吹っ飛んだ。

一瞬、何が起こったのかわからなかった。

大森の上に馬乗りになって殴《なぐ》りかかっているのが颯だと認識したのは、すでに大森が三発ほど殴られたあとだった。

「ちょっ……何してるんだよ、バカ！」

二人の間に割って入ろうとした諒矢を、颯がすごい力で押しのける。

「一体どういうつもりで諒矢に手を出してるんだよ。奥さんも子供もいるくせに、ふざけた真似してんじゃねーよ」

殺意すら感じるような、低く押し殺した声。

抵抗する暇《ひま》もなく殴りかかられた大森は、口元の血を拭《ぬぐ》いながら唖然《あぜん》とした顔で颯を見上げている。

「手を出してるってなんだよ。単なるスキンシップだろ」

「ふざけるな。あんたにとってはスキンシップでも、諒矢は……」

「やめろよ！」

颯の剣幕《けんまく》に動揺《どうよう》しながら、諒矢は自分の作り話のせいでいわれのない暴力を受けている大森の上に覆《おお》いかぶさった。

「なにやってるんだよっ！　大森さんになんてことを」

「どうしてこんな奴《ヤツ》を庇《かば》うんだよ。そんなに好きなのか？」

「颯には関係ないだろう」

「諒ちゃん、こんなところで騒ぎはまずいよ」

諒矢の身体の下から、大森が身体を起こした。痛みに顔をしかめるようにして、店の中にあごをしゃくる。

「とりあえず、中に入ろう。きみも」

諒矢は半ば腰《なか》を抜かしたまま震える手でぎゅっと大森にしがみついた。

驚愕《きょうがく》と罪悪感と後悔と腹立ちで頭が混乱し、心臓がガンガンいっている。

「帰って」

振り向きもせずに言い放つ。

「諒ちゃん、落ち着けって」

背中をさする大森にかぶりを振る。

「帰って」

諒矢は強く颯を拒《こば》んだ。

ひとときの静寂のあと、足音が離れていった。車のドアの開閉音が冷えた空気を震わせる。

「ホントに帰っちゃったよ。いいのか?」

遠ざかるエンジン音にかぶさるように、大森が訊《たず》ねてきた。

「……ごめんなさい」

「諒ちゃん」

「悪いのは俺なんだ。こんな……ごめんなさい……」

「とにかく中に入ろう。ほら」

諒矢の腕をつかんで立ち上がり、店の中へと引き入れる。

「彩《あや》と郁人《いくと》が風呂に入っててよかったよ。それこそ騒ぎが拡大してた」

諒矢はキッチンに駆け込んで、救急箱を取ってきた。左の口元が切れて腫《は》れてきている大森の顔を見ると、わけのわからない感情に襲《おそ》われて泣きたくなった。

「ホントにすみません……」

「ああ、消毒なんかいいよ。時間薬で治るから」

こんな理不尽な目に遭《あ》いながら、大森の顔に怒りの色はなかった。むしろ困惑したような苦笑を浮かべて、穏やかに訊ねてきた。

「俺はどういう役回りだったのか、聞いてもいいかな?」

これほどの迷惑をかけておいて、嘘はつけなかった。

「……俺の好きな人、です」

傷口をさすりながら、大森はちょっと考える顔になった。

「えーと、それは本気で?」

「まったくの作り話です」

「だよね。ってそうも全否定されるとちょっと残念な気もするけど」

場の雰囲気《ふんいき》を和《なご》ませるように言って、上目づかいに諒矢を見上げる。

「戸賀崎《とがさき》颯は諒ちゃんの恋人？」

「違います」

「じゃ、なんで俺、殴られたの？」

「それは……」

「っていうかそもそも俺、なんで知らない間に当て馬にされてるの？」

「……本当にすみません」

「いや、怒ってるわけじゃないよ。責めてるわけでもない。でもいきなり殴られてまったく腹が立たないって言ったら嘘になるし、いったいどういう経緯《けいい》なのか知りたいとも思う」

当然のことだ。それどころか、この理不尽《りふじん》な成り行きに激怒しない大森の心の広さには頭が下がる思いだった。

「……恋人だと思ってました。二年前まで、俺が、一方的に。鬱陶《うっとう》しいと思われてることも気付かずに、東京までついてきたんです」

すべてを話すのが筋だと感じて、諒矢は重い口を開き、思い出したくない過去の出来事を訥々《とつとつ》と語った。

「颯はずっと我慢してて、でも半年経《た》って我慢も限界に達したんだと思う。ウザいって言われました。おまえがいると迷惑だって」

「……それで死のうと思ったの？」

「陳腐《ちんぷ》ですよね。甘えるなって話です。ホントに、自分でもそう思うけど」

「陳腐だなんて思わないよ。もしも彩にそんなこと本気で言われたら、いい歳の俺だって死にたくなるよ。ったく、綺麗な面《つら》してひどい奴だな、あいつ」

「颯が悪いんじゃないです。俺があまりにもウザすぎたんだと思う」

大森は目を細めた。

「本当に彼が好きなんだね」

「昔の話です」

「彼も諒ちゃんのことが大好きなんだな」

さらりと言う大森に、諒矢は眉根《まゆね》を寄せた。

「俺の話、聞いてくれてましたか？　俺は颯からウザいって拒否《きょひ》られたんです」

「じゃあ、なんで彼はまたわざわざここまで諒ちゃんに会いにきたんだろうな」

「……言いすぎたことを謝りたいって言ってました。有名人になって、不名誉な過去を修正したいって思ったんじゃないかな」

「じゃあ、なんで俺は殴られたの？　暴行シーンなんてスクープされたら、そっちの方がよほど不名誉じゃないか」

「それは……颯は正義感が強いから、不倫《ふりん》が、……ってそれは俺の作り話だったんだけど、とにかくそういうのが、許せなかったんだと思う」

大森はやれやれというふうにため息をついた。

「どれもこれも説明に無理があるような気がしないか？　嫉妬《しっと》で頭に血がのぼったっていう方が、明らかに自然だろう」

諒矢は唇を噛んで俯《うつむ》いた。

「そうやって自分の都合のいいように考えるの、やめたんです。それで痛い目にあったから」

颯の心が読めるなんていうとんだ思いあがりが招いた滑稽な悲劇。もう絶対に絶対に、あんな思いはしたくない。

やはり和解などしなければよかった。一ファンとして遠くから見ていたら、淋《さび》しくとも心穏やかでいられたのに。

店のドアが低く軋《きし》んだ。帰ったはずの颯の姿があった。

「なんで……」

なんで戻ってくるんだよと、震える拳《こぶし》を握《にぎ》りしめる。

颯は翳《かげ》のある視線を大森に向け、深く頭をさげた。

「すみません。咄嗟《とっさ》に頭に血がのぼりました」

「ああ、いや」

「傷害の加害者として、警察を呼んでくださっても構いません」

諒矢はぎょっとして声をあげた。

「待って！　ダメだよ、そんなの。そもそも俺が颯にヘンな嘘をついたのが悪かったんだから。警察沙汰《ざた》になったりしたら、大騒ぎになって、仕事のことだって……」

「その前にちょっとだけ諒矢と話をさせてもらってもいいですか」

「お風呂お先に。パパと諒ちゃんもどうぞ」

彩ののどかな声が、緊張した空気を上滑《うわすべ》りしていく。

「郁人ったらお風呂の中でうとうとしちゃって、やっとのことで髪を乾かし……え、なに？　どうしたの？」

タオルで髪を拭《ふ》きながら顔を覗《のぞ》かせた彩は、その場の異様な雰囲気に一瞬固まり、大森の腫れあがった口元を見てあんぐりと口をあけた。

「ちょっと、どうしたの？　なにがあったの？」

「ああ、いや、大したことじゃないよ。店の前で転んだところに戸賀崎くんが通りかかって」

「転んで顔から着地するなんて、三十代男子にあるまじきことよ。大丈夫？」

あれこれ勘繰《かんぐ》られる前に席を外せというように、大森が目配せをよこす。頷いて店の外に颯を連れ出そうとした諒矢だったが、通りにしゃがみこんでなにやら話し込んでいる若いグループに気付いて歩をとめた。

「上でちょっと喋《しゃべ》ってます」

ぼそぼそと言い置いて、颯を促《うなが》して二階の自分の部屋にあがった。

四畳半の小さな部屋で向き合うのは、ひどく息苦しかった。

「……ヘンな嘘って、大森さんのこと?」

低い声で問われて、諒矢は無言で肯定《こうてい》を示した。

「だよな。ちょっと考えれば不自然過ぎる話なのに、マジで親しげだから真に受けた」

未知の物体でも見るように、颯は自分の拳に視線を落とした。

「カッとなって、気が付いたら手が出てた。いきなり殴るなんて、最低最悪だな、俺」

颯の視線がゆっくりとあがり、諒矢の瞳をとらえた。

「……なんで嘘なんかついたんだよ」

「…………」

「俺にちょっかいかけられないための予防線?」

静かに、探るような声音で問われて、ぐっと喉の奥が詰まる。

自分を捨てた男が再びちょっかいをかけてくると思い込んでいる自意識過剰《かじょう》でおめでたい人間だと思われているのかと、居《い》たたまれない気持ちがした。

「それとも俺に妬《や》かせようとしてるのか?」

重ねて問う声が皮肉めいて聞こえて、諒矢は追い詰められたネズミさながらむきになった。

「妬かせようなんて思うわけないじゃん。なんで俺がそんなことを思わなきゃならないんだよ」

もう二度と傷つきたくない。

「颯がこの店に現れるまでの二年間、颯のことなんか一度も思い出しもしなかったよ」

またあんな風に突き放されたら、今度こそ本当に生きていけないから。

「俳優として名を成《な》してることだってつい最近まで知らなかったんだから」

絶対に絶対に、本心を知られてはいけない。

小さな部屋で圧倒的な存在感を持つ颯から距離を置くように後ずさりながら、颯を睨《にら》みつけた。

「あんなふうに切り捨てられて、それでも執着《しゅうちゃく》するほど、俺は未練がましい人間じゃないよ。人気者だからって、うぬぼれすぎなんじゃない？」

諒矢の並々《なみなみ》ならない剣幕《けんまく》に引きずられたように、棚《たな》から何かがガサガサと落下した。

フローリングの床の上に翼《つばさ》を広げるように着地したのは、分厚いスクラップブックだった。

開いたページには、颯の出世作となった一年半前のドラマに関する記事が、丁寧《ていねい》に所狭《ところせま》しと貼《は》り付《っ》けられていた。

それを見下ろす颯の目が、大きく見開かれた。

頭から一気に血の気が引いて行く。俄《にわ》かに部屋の空気が薄くなったような気がした。

慌てて拾い上げようとしたスクラップブックを、リーチの長い颯の手が先に拾い上げた。

「返せよ！」

取り返そうともみ合ううちに、はらりと紙片が舞い落ちる。それは二人の交際を事実だと思っていた時に、激情に駆られるままエリの顔を真っ黒に塗《ぬ》りつぶした、熱愛報道の記事だった。

強がりの売り言葉がすべて虚言《きょげん》であったことが、一瞬にして露呈《ろてい》する。

丸裸にされたような羞恥《しゅうち》と心の痛みに、視界が赤く染まる。

「これ……」

颯は女性誌の切り抜きを手に、唖然としていた。

「……そうだよ」

頭の中で、何かがパチンと切れる音が聞こえた気がした。

「俺は颯のこと、ただの幼馴染だなんて思えなかった。あれだけウザがられても、好きな気持ちは消せなかった。あんな目にあっても、こうやって切り抜きを集めたり、恋人の顔を塗りつぶしたりするような、粘着質《ねんちゃくしつ》で気持ち悪い奴なんだ」

「諒矢」

「これで満足？　予想通りだった？　いいよ、思いっきり笑って。あ、でも拒絶のダメ押しはいらないから。言われなくてもわかってるし」

「諒矢」

「つーかさ、二年たってやっと胸の中の痛いのが治まってきたのに、なんでまた俺の前に現れたの？　こんなに人気者になったって、自慢しにきた？　それとも過去の暴言を俺が言いふらさないように懐柔《かいじゅう》しに来た？　そんなの心配しなくても、俺は自分の恥《はじ》にもなることを言って回ったりしないよ」

「そんなんじゃない。俺は……」

肩に伸びてきた颯の手を、諒矢は力任せに振り払った。

「颯が悪いなんて、ひとつも思ってないよ。全部俺が悪い。勝手に好きになって、勝手に恋人気取りで、颯の迷惑も考えずにつきまとって」

「違う」

「理由はなんでも、元の関係に戻ろうって言ってくれて、嬉しかった。でも、やっぱ俺には普通の幼馴染なんて無理で……好きな人がいるふりでもしなきゃ、気持ちが全部颯にばれるって思って、バカな芝居して、大森さんにも迷惑かけて……。もう無理。色々無理だから」

「諒矢」

「もう帰って。二度と俺の前に姿を見せないで」

颯に口を挟《はさ》む隙を与えず、尖《とが》った声で叫び続ける。

これは正当防衛。もう二度と傷つかないために、言葉の刃《やいば》を振り回し続けるしかなかった。

「諒矢」

何度も何度も名前を呼んでなだめようとする颯を、諒矢は耳を塞《ふさ》いで拒絶し、ヒステリックに叫んだ。

「帰れって言ってるだろう！　帰れ！　俺の前から消えてよ！」

騒ぎにたまりかねたように、大森と彩が二階にあがってきた。

「少し落ち着いた方がいい。とりあえず、日を改めて話をしたらどうかな」

大森がとりなすようにおっとりと、しかし毅然《きぜん》とした声で仲裁に入った。

暴力をふるってしまった引け目もあってか、颯は大森に反論できないようだった。

「……明日、もう一度お邪魔させてください。少し遅い時間になってしまうかもしれないけど、どうしても諒矢ときちんと話がしたいんです」

大森は肯定も否定もせず、ポンポンと颯の肩を叩いた。

颯はもの言いたげな視線を諒矢に送ってきたが、諒矢はぎゅっと目を閉じて、その場にしゃがみこんだ。

颯は大森に伴《ともな》われて階下へと降りて行った。

身体中の力がへなへなと抜けて行く。

色々な感情がこみあげすぎて、もう何も考えられなかった。

傍《かたわ》らで、彩はただ静かに諒矢の背中をさすり続けていてくれた。

たった二年半の間に、故郷の景色は微妙に変わっていた。

駅前のコンビニはコインパーキングに変わり、国道沿いのボウリング場は家電量販店になっていた。

生まれ育ったままの風景のところどころに間違い探しのような違和感《いわかん》があって、懐《なつ》かしさと疎外感《そがいかん》がないまぜになる。

実家には懐かしさはひとかけらもなかった。実家といっても諒矢《りょうや》の上京後に引っ越した一戸建てだ。初めて見る家に懐かしさなどあるはずがなかった。

「諒矢くんの部屋もちゃんと用意してあるよ」

夕刻、仕事から戻った山下《やました》は小太りの丸顔に照れくささと誇《ほこ》らしさが混ざったような笑みを浮かべて、二階の一室へと案内してくれた。

成人してすでに余所《よそ》の土地で暮らしている妻の連れ子のために、南東の一室をあけておく滑《こっ》稽《けい》なまでの気づかいが、山下の人柄《ひとがら》を表していた。

本当は大みそかのはずだった帰省を二日早めたのは、大森《おおもり》のアドバイスに従ってのことだった。

『戸賀崎《とがさき》くんと話すのは、少し時間と距離を置いてからの方がいいよ。昨日の今日じゃ、また二人とも感情的になるだろう。実家で気分転換しておいで。戸賀崎くんには事情を伝えておくから』

大森は穏やかにそう勧《すす》めてくれた。

年内最後の営業日に休ませてもらうことも、大掃除を手伝えないことも、とても申し訳ないと思ったが、一方でひどい迷惑をかけた大森に申し訳なくて居《い》たたまれないという気持ちもあった。大森だって、諒矢の顔を見れば多少なりとも腹が立つのではないかと思った。

悩んだ末、結局大森の言葉に甘え、もめごとの翌日の午後、故郷へと戻ってきた。

家にいてもどうせ間が持たないからと事前に帰省を知らせていた地元の友達数人と、その夜は飲みに行った。友人たちの話は颯《そう》のことに集中した。昔の仲間が人気芸能人になっていて、しかも幼馴染の諒矢が颯と一緒に上京したことをみんな知っているから、根掘り葉掘り聞きたがる。諒矢は心中を押し隠し、適当な相づちでその場をやり過ごした。それに懲《こ》りて翌日は友人たちの誘いを断り、午前中に一人で墓参りに出かけた。家から歩いても十分とかからない小高い丘の中腹にある墓地には、颯の母親が眠っている。

重い雲が垂《た》れこめた空からはちらちらと小雪が舞い、水場に置かれた手桶《ておけ》の底には薄氷が張っていた。

明るく働きものだった颯の母親が、こんな冷たい場所で眠っているということが、どこかまだ信じられなかった。

不器用な手つきで花を手向《たむ》け、目を閉じて両手を合わせる。

生前、折《おり》あるごとに『一人っ子の颯に諒矢くんみたいな幼馴染がいて本当によかったわ』と言ってくれた颯の母に碌《ろく》な報告ができない自分が情けないと思い、でも結局、いい報告も悪い報告ももうこの冷たい石の下で眠る人には届かないのだと、切なくなった。

ふと、自分の母親に対する素《そ》っ気《け》なさを意識した。二年半、故郷に寄りつかなかったことを初めて少しだけ後悔した。諍《いさか》いも孝行も、いつかできなくなる日が来るのだ。

家に帰ると、母親が明るい表情で忙しそうにおせちの準備をしていた。

昨日が仕事納めだった山下は、テレビを見ながらすでにビールを飲んでいた。

「諒矢くんも一緒に飲もうよ」

有無を言わせず新しいグラスを満たす。

諒矢は失笑しながら掘りごたつに足を突っ込み、お返しに山下のグラスにビールを注いだ。

山下がもの言いたげな視線を諒矢に向けてくる。

「なんですか?」

「いやぁ、夢だったんだよ、息子と酒を飲むってさ」

ホームドラマのセリフのような他愛《たわい》もない夢。この人のこういう凡庸《ぼんよう》な温かさに母親は安らぎを見出《みいだ》したのだろうと、微笑《ほほえ》ましく思った。

大晦日《おおみそか》を明日に控《ひか》えて、昼過ぎのテレビからはどうでもいいような特番がだらだらと流れ、台所からは母親の鼻歌が聞こえた。

もっとずっと小さな頃に、こんな家で育ちたかったなと思う。記憶の中の母親は泣いているか愚痴《ぐち》をこぼしているかだった。鼻歌を歌う姿など見たことがなかった。

「おかあさん、ご機嫌だな」

キッチンの方にあごをしゃくって、山下も相好《そうごう》を崩《くず》した。

「諒矢くんの帰省を知ってからの喜びようっていったらなかったよ。好物のおでん用に大きめの土鍋《どなべ》を買わなくちゃとか、美容院に行かなくちゃとか、もうおおはしゃぎでさぁ。ちょっと妬《や》けちゃうくらいだったよ」

諒矢が噴き出したのは、山下のおどけた声真似がおかしかったせいもあったが、母親が諒矢の好物をおでんだと思い込んでいるせいもあった。

母が父との諍いで神経をすり減らして食事の支度《したく》をする気力もなくしていた頃、小学生の諒矢はよく小遣《こづか》いでコンビニのおでんを買って食べていた。好物だからというより、腹が膨《ふく》れて身体が温まるという理由だった。

母親が自分の帰りを心待ちにしていたのも紛《まぎ》れもない事実だし、母親の中の諒矢の像が実際とは乖離《かいり》しているのもまた事実だった。

「山下さん」

「ん?」

「母のこと、よろしくお願いします」

「あ、いや、うん、そうだな。あー、なんか照れるな、こういうの」

頭をかきながら、山下はひどく嬉しそうな顔で諒矢のグラスにビールを注ぐ。

血縁よりも強い絆《きずな》があることを、諒矢はよく知っている。自分の颯に対する想いのように。大森一家との縁のように。

母親と山下の絆は、きっとそのうち息子の自分との絆よりも強くなるのだろう。いや、もうなっているのかもしれない。

一人になるとまた余計なことを考えてしまいそうで、諒矢は半日を義父と飲んで過ごした。

携帯が何度かメールの着信を知らせて振動したが、手を触れなかった。きっと今頃仕事でそれどころではないだろうとは思いつつ、颯からのメールかもしれないと思うと、確認するのが怖かった。どんな内容のメールでも、颯からというだけで平静な気持ちでは読めないと思った。

鳥の翼のように床に広がったスクラップブック。マーカーで塗《ぬ》りつぶされたエリの顔。絶対に知られたくなかった心の最奥《さいおう》が滑稽《こっけい》なまでのあっけなさで露見《ろけん》した瞬間の映像が何度も何度も頭の中にフラッシュバックして、諒矢を居たたまれない気持ちにした。

夜は母親の作った土鍋いっぱいのおでんを三人で囲んだ。ビールを日本酒に切り替え、すっかり上機嫌に出来上がった山下は、こたつでうたた寝を始めた。

不意にテレビ画面に颯が現れ、諒矢の心臓が跳ね上がった。年末恒例の歌番組の合間の、CMだった。

「昔から目を引く顔立ちの子だったけど、ますます垢抜《あかぬ》けたわね」

携帯電話に唇を寄せる颯を眺《なが》めながら、母親が言った。

「すっかり人気者になっちゃって忙しそうだけど、今でも連絡取り合ってるの？」

「……まあ時々」

「あれだけ頭を下げて頼んだのに、諒矢をこっちに戻してくれなかった時には、颯くんを恨《うら》んだこともあったんだけどね」

颯の話を聞きたくなくて母親のおしゃべりを右から左へ聞き流そうとしていた諒矢だったが、一瞬後、ふと母親を振り向いた。

「……なにそれ」

怪訝《けげん》に問い返した諒矢の声音に、責められているとでも思ったのか、母親は顔の前で手を振った。

「今はもう、諦《あきら》めてるわよ。大森さんから聞く限り、あなた東京でちゃんと元気に働いてるみたいだし。そりゃ、できれば帰ってきてこっちで仕事を探してくれればいいのにっていう気持ちは今でもあるけど」

「颯に何か言ったの？」

「昔の話よ。颯くんがお母さんの一周忌《き》で帰省したときだから、もう二年前になるのかしら。法事のあと、颯くんとちょっと立ち話してね。その時、諒矢をこっちに送り返してほしいってお願いしたの。私もちょっと感情的になっちゃって見苦しいところを見せちゃったけど、颯くんは諒矢を説得するって約束してくれたのよ」

二年前。

忘れもしない、母親の一周忌から戻ってきたあと、颯の態度が豹変《ひょうへん》したのだ。

「なんでそんなこと……」

「だって、あの年のお盆に帰省したときのあなた、ひどい様子だったじゃないの。上京してからたった半年足らずでひどく痩《や》せて、指先は赤むけの湿疹《しっしん》だらけで」

「…………」

「颯くんはいいわ。ちゃんと目的をもって上京したんだから。でもあなたは違ったでしょう。目的もなくふらふら出て行った息子のあんなやつれた姿を見たら、東京でどんな生活を送ってるんだろうって心配にもなるわ」

「だからって颯に言うことじゃないだろう」

「あなたに直接言っても、聞く耳持たなかったじゃないの。だから颯くんにお願いしたのよ。昔からあなたは颯くんの言うことなら素直に聞いたから」

「…………」

「颯くんは神妙な顔で『わかりました』って言ってくれたけど、あなたのそのびっくり顔からして、何にも話してくれてなかったのね。まあ、そんなことだろうとは思っていたけど」

諒矢が衝撃《しょうげき》を受けているのは、母親の推測とは真逆の理由だった。

颯は、母親から頼まれたことを忠実に実行に移したのだ。颯が諒矢に放ったあの残酷《ざんこく》な台詞《セリフ》は、普通に「帰れ」と言っても素直に聞くはずがない諒矢を故郷に返すための手段だったのだ。

「あら、でも……」

母親は何か引っかかりを覚えたように眉根《まゆね》をひそめた。

「この秋、命日のお墓参りに帰省した颯くんがうちに寄ってくれたんだけど、ここに諒矢がいるって思いこんでるみたいだったわ。二年前のお盆以来一度も帰ってきてないっていったら、今のあなたみたいに呆然《ぼうぜん》とした顔してたわよ。連絡先を聞かれたから大森さんのお店の住所を教えたけど、あなたたちいったいどうなってるの？　連絡取り合ってるのに、颯くんがあなたの居場所を知らないって変じゃない」

深い穴に落とされたような息苦しさを感じて、颯はこたつから立ち上がった。

「どこに行くの？」

「……ちょっと」

「やだ、もしかして怒った？　もう時効だと思ったんだけど」

「怒ってないよ。酔《よ》ったから、ちょっと外の風に当たってくるだけ」

「随分《ずいぶん》降ってるわよ」

「うん。ちょっとだけだから」

「東京とは寒さが違うんだから、ちゃんとコートを羽織るのよ」

「わかってる」

とにかく一人になりたくて、諒矢はコートをつかんで表に出た。

さほど遅い時間でもないのに、通りは静まり返っていた。しんしんと降り積もる雪が、物音を吸い取っていくようだった。

降りしきる羽毛のような雪をじっと見上げていると、制止した雪片《せっぺん》の中を自分が空に向かって昇って行くような錯覚《さっかく》に陥《おちい》る。その不思議な感覚に身をゆだねながら、諒矢は自分の記憶を辿《たど》った。

『迷惑だ』と冷たい声で突き放したくせに、一年後に諒矢の前に現れて『昔の関係に戻りたい』と言った颯。不自然で矛盾《むじゅん》した言動や出来事が、すっと自然に寄り添っていく。

颯が大森を殴《なぐ》ったのは、不倫《ふりん》というものが道徳的に許せなかったとか、無理矢理な理由をこじつけていたけれど、大森の言う通り感じたままに受け取ってよかったのだろうか。今でも諒矢のことが好きで、ただ嫉妬《しっと》で頭に血がのぼった、と。

ずっと抑圧《よくあつ》されてきた諒矢の心は、それは自分の都合のいいように考え過ぎだと尻《しり》ごみする。けれどそう考えれば、すべての辻褄《つじつま》があった。

恋心が一方通行ではなかったとしたら？

あのキスが夢じゃなくて本当だったとしたら？

居ても立ってもいられず、諒矢は雪の中を走りだした。十分かけて駅にたどり着いた時には、気温０度の中汗《あせ》ばんでいた。最終の東京行きの切符を買って、呼吸を整えながらジーンズのポケットを探り、携帯を忘れてきたことに気付いた。取りに戻る時間はなかったので、駅前にひとつだけ残されていた公衆電話から母親に電話をかけた。

急用ができたから東京に戻ると告げると、母親は自分の言動が諒矢を不快にさせたのではないかと不安げに訊《たず》ねてきた。諒矢ははっきりと否定し、年明けにまた来るから荷物と携帯を預かっておいて欲しいと頼んだ。

母親に対する腹立ちはなかった。そのいらぬお節介《せっかい》をリアルタイムで知らされていたら、きっと十八の自分は激情に駆られていたと思う。

二年の間に大人になったなどという傲慢《ごうまん》な自負ではない。ただ、母親が本気で自分の心配をしてくれていたことを今は理解できる。そしてそんな心配をかけたのは、未熟な諒矢自身だった。

最終の東京行きはがらがらに空《す》いていた。列車の揺れに身をゆだねながら、諒矢はただ颯のことを思い続けた。

東京に着いたのは、もう日付が変わろうという時間だった。故郷の雪が嘘のように漆黒《しっこく》の夜空には星が輝いていた。

矢も盾《たて》もたまらず颯に会いたくて、颯の声が聞きたくて、携帯を置いてきてしまったことがひどく悔《く》やまれた。颯のマンションには一度行ったことがあるが、あの時は車での夜道の移動だったため、電車で行くにはどこの沿線なのかもわからない。

連絡を取る手段もなく途方に暮れる。

昔だったら、と諒矢は思う。高校時代までなら、お互いの居場所をかなりの高確率でぱっとあてられた。それは一緒に過ごす時間が長いから思考や行動パターンが読みとれるという以上の、もっと感覚的なものだった。

そういえば、よく二人同時に同じ歌の同じフレーズを口ずさむことがあった。何の気もなくふと口にした歌をなぜか颯も同時にハミングしていたりするあの不思議。しかもそれが一度や二度ではなかった。颯と自分は不思議なシックスセンスで結ばれていると、ずっとずっと思っていた。あの日までは。

大森のところに戻ろうとしていた諒矢は、ふと足を止めて駅に引き返した。

なぜだか急に、颯と暮らしたアパートに行ってみたくなった。颯と別れてから最寄り駅を通過することさえ避けていた、あの小さなアパートに。

故郷の変化とは裏腹に、アパート近くの景色はほとんど変わっていなかった。

懐かしいというより、あの続きを生きているような錯覚《さっかく》に陥《おちい》る。深夜のバイトを終えてアパートに帰るときにはいつも半分駆け足だった。早く颯に会いたくて。

当時を思い出して、自然と歩調が速くなる。あの角を曲がれば、アパートはすぐそこだ。

住宅街の狭《せま》い十字路を曲がったところで、諒矢はつんのめるようにして立ち止まった。

アパートの前に、長身の影が立っていた。Ｐジャケットのポケットに手を入れて、静かにアパートの二階を見上げている。

男の視線がゆっくりと諒矢の方に振り向いた。

「……諒矢？」

訝《いぶか》るような颯の低い声が、冬の夜のぴんと研《と》ぎ澄《す》まされた空気を震わせた。

やっぱりテレパシーは存在するのだと諒矢は思った。自分自身すら与《あず》り知《か》らない、不思議な精神感応力。

「颯……なんでこんな時間にこんなところにいるの？」

「大森さんから、おまえは実家に帰省中だって聞いたから」

ここにいる説明にはまったくなっていない短い返答だったが、なぜか霧《きり》が晴れたように、颯の言外の言葉が読みとれた。

帰省中だと聞いたものの、颯はきっと仕事で実家まで追って来ることができずに、諒矢と同じ切なさを持て余してここに来たのだろう。

あるいはそれも自意識過剰《かじょう》の大勘違いかもしれない。それでも構わないと思った。

「実家じゃなかったのか」

「帰省してたけど、さっき帰ってきたんだ」

どうして、と颯は訊《き》かなかった。颯もなんとなく理由を察しているのだろうと思った。

諒矢はさっき颯が見上げていたアパートの二階の部屋を仰《あお》ぎ見《み》た。かつて二人が暮らしていた部屋は、寸足らずのカーテンの下から明かりがもれていた。

「こんな時間に見知らぬ男二人に見られてるって知ったら、あの部屋の住人はきっと不気味がるだろうね」

諒矢が茶化すと、颯は静かに微笑んで、胸元を指先で探った。

「これを見たら、更に不気味がるだろうな」

いつも肌身《はだみ》離さずつけている革《かわ》ひもを、カットソーの襟《えり》ぐりから引っ張り出す。ひもの先には、くすんだ鍵《かぎ》がぶら下がっていた。

闇《やみ》の中で、諒矢は目をこらした。

「それって……」

「あの部屋の鍵だよ。もちろん、住人がかわるたびに交換されるはずだから、もう使えないけど」

「……なんでそんなものを持ってるんだよ」

「お守り」

短くきっぱりとした答えを聞くと、胸に焼けるような痛みが走った。

二人で暮らしたあの部屋の思い出が、颯のお守りだった。そう思ったら一気に視界がぼやけ、頬に熱い雫《しずく》が転がり落ちた。

颯が目を見開いた。

「どうしたんだよ」

「だって……」

上手《うま》く言葉がつなげずに、諒矢は小さくしゃくりあげた。

「……こっち」

颯が諒矢を路肩《ろかた》のプラドへと誘《いざな》った。

エンジンを切った車内は、通りと変わらないくらい冷えていた。

助手席に身を埋《うず》め、泣き顔を颯から隠すように窓の外に向けて、諒矢は言葉を紡《つむ》いだ。

「俺、颯の考えてることならなんでもわかるって、ずっと思ってた。なのに、なんであのとき、颯の言葉を真に受けたんだろう。二年間、疑いもせずに、颯に捨てられたって、ずっとずっと思い込んでた」

「……ハンパな演技だったら、絶対諒矢に見透かされるって思ったから」

複雑な心中を表すように、颯は呟いた。

「人生で一番の迫真の演技だったたって、自分でも思う」

「今日、初めて知ったんだ。うちの親が、颯にあんなことを言わせたんだって」

「おばさんのせいじゃないよ。俺が未熟すぎたんだ」

颯の手が、そっと諒矢の髪に触れた。

「世界で一番、おまえが大事だと思ってた」

言葉として聞くのは初めての颯の想いに、心臓が壊れそうにギュッとなる。

「役者ってそんなに簡単に芽が出るもんじゃないのはわかってたけど、俺はバカみたいに焦《あせ》ってた。諒矢とずっと二人でやっていくための確証が得たくて、早く一人前になりたくて。でも、焦れば焦るほど、なにもかもが空回《からまわ》りしてく感じだった」

「颯は、すごく頑張ってたよ」

「おまえの方が、よっぽど頑張ってた。一番大事な人間が、自分のせいで身をすり減らしていくのを見てて、たまんなかったよ」

「なんにもすり減ってなんかなかったよ。俺はめちゃくちゃ楽しくて、幸せだった」

「……そうだな。でも、俺は焦り過ぎてて、大事なことがわかんなくなってた。諒矢のお母さんに、涙ながらに諒矢を返してって言われて、反論できなかったのは、俺がガキで弱かったからだ」

無言でかぶりを振ると、膝の上に涙がパラパラと落ちた。

「俺は諒矢を全然大事にできてないって思った。あの時は、諒矢を大切に思ってる人がいる場所に帰すのが、俺にできる最上級のことだと思ったんだ」

感情を抑えた颯の静かな声が、悲しい音楽のように胸を揺さぶった。

「ちょうどうちの母親の命日で、自分の親と諒矢のお母さんが重なって見えた。碌《ろく》な親孝行もできなかった上に、おまえのお母さんからも大事な息子を奪う、俺は最悪のろくでなしだなって」

寡黙《かもく》な颯がこんなふうに胸の内を語るのを、諒矢は初めて聞いた。

「諒矢を帰すには、ああいう言い方をするしかないと思った。めちゃくちゃ傷つけるってわかってたけど、住み慣れた街に戻れば、きっと元気になると思った。おまえは誰からでも好かれるタイプだから、そのうちかわいい彼女でも見つけて、結婚して、」

「どうして俺がほかの誰かと結婚するなんて思えるんだよ。俺は、颯しか好きじゃない」

その時ばかりは泣き顔を振り向け、声を荒らげて諒矢は反論した。

颯は感情の読めない顔でじっと諒矢を見た。

「……諒矢も俺と同じ気持ちだろうって、漠然《ばくぜん》と考えることはあった。でも確信が持てなかった。高校の頃にはおまえは女とつきあってたし」

「…………」

「俺への気持ちは濃いめの友情なのかもしれないと思ったりもした。別れる直前くらいには、絶対ただの友情だって、強引に思い込もうとしてた。そうじゃなかったら、芝居でもあんなこと、言えなかった」

「……高二の夏休みに、颯にキスされる夢を見た。あれって夢じゃなかった?」

闇の中で、颯が目を瞠《みは》った。

「気付かれてたのか」

「颯も俺のこと好きなんだって思って、死ぬほど嬉しかった。一回きりのことだったし、一緒の部屋で暮らしててもキスどころか手をつないだこともなかったけど、俺は颯のこと、恋人だって思ってたよ。あの日まで」

「……最低だな、俺。めちゃくちゃ傷つけるってわかってた。それでもあの時は、あれが諒矢を守るための最良の方法だって思ったんだ。思うしかなかった」

若かったのだと、今は思う。諒矢も、颯も。もちろん今だって未熟極《きわ》まりないけれど、あの頃はどうしようもないくらい幼くて、なにもかも、いっぱいいっぱいだった。

「ゆうべ、大森さんから二年前のことを聞いて、自分を呪《のろ》いたくなったよ」

淡々とした颯の声が、微妙に揺れた。

「身を切られる思いで諒矢を故郷に帰して、未練を断つために携帯の番号も変えて、悲劇の主人公みたいな悲壮《ひそう》な気分で諒矢の幸せを祈ってたけど、ふたをあけてみれば、俺のくだらない芝居のせいで諒矢が命を落とすところだったなんて」

揺れる声を理性でねじ伏《ふ》せるようにして、颯はただ静かに言った。

「ごめんな。謝って許されるようなことじゃないけど。傷つけて、苦しめて、本当にごめん」

熱い涙が、とめどもなく頬を流れ落ちる。

どこかが痛むように、颯が目を細めた。

「泣かせてごめん」

諒矢はふらふらとかぶりを振った。

自分の傷のために泣いているわけではなかった。

颯はあのとき、どんな気持ちで諒矢を切り捨てる台詞を吐《は》いたのだろう。

言われた諒矢の何倍も、何十倍も、言った颯はきっと辛《つら》かったに違いない。

諒矢は一人ではなかった。大森に助けられ、その家族や、店の客に救われ癒《いや》されて二年を過ごしてきた。いざとなれば逃げ帰れる実家もあり、母親の愛情を傲慢《ごうまん》にも鬱陶《うっとう》しいとさえ思っていた。

そうやって諒矢が被害者面《づら》をして周囲から寄ってたかって優しくされているとき、颯は一人きりでどんな時間を過ごしてきたのだろう。

「ごめん」

嗚咽《おえつ》の合間に諒矢が呟くと、颯は眉根を寄せた。

「どうしておまえが謝るんだよ」

「一人にして、ごめん。颯のテレパシーを読みとれなくて、ごめん」

颯は切なげにじっと諒矢を見た。

「テレパシーか。諒矢と俺の間には、確かに、そういう不思議な感じが昔からあったよな」

「……それなのに、あの時は、あの時だけは、全然わからなかったんだ。あれが演技だったなんて。役者として成功するのはあたりまえだよね。俺ですら騙《だま》されるんだから」

颯はうっそりと微笑んだ。

「皮肉な話だよな。諒矢を失って、あとはただもう、がむしゃらに仕事に打ち込むしかなくて。気が付いたら、断るほど仕事が舞い込むようになってた」

胸元の革ひもからぶら下がった鍵を、颯は指先で弄《もてあそ》んだ。

「でも、成功ってこんなに虚《むな》しいものかって思ったよ」

「颯」

「諒矢のことを考えない日は、一日もなかった」

そう言われて、またどっと涙が溢れる。

「もう泣くなよ」

「これは颯の分の涙だよ。颯は、辛くてもきっと泣かないから。だから俺がかわりに泣いてやる」

半分は言い訳だったが、半分は本当だった。

颯は絶対に泣かない。昔からそうだった。全部自分で抱《かか》えて、自分の中で消化してしまおうとする。

今回のことだって、せめて再会したときにすべての事情を話してくれていれば、もっと早くにしこりが氷解していたはずだ。そういうことを要領よく語らない、口下手《くちべた》で言い訳をしない颯をもどかしく思いながら、そこが颯のきれいなところでもあるのだった。

颯の左手がゆっくり伸びてきて、諒矢の右手を握《にぎ》った。どちらの手も冷え切っていたが、きゅっと強く握られると、首筋に熱が生まれ、胸がどきどきした。

「もっと強い人間になりたいよ。好きな相手を傷つけたりしないで、ちゃんと守れるような人間に」

悔《くや》しそうに言う姿は、人気俳優戸賀崎《とがさき》颯ではなく、自分と同じ迷える二十一歳の青年だった。

「守ってもらわなくても、俺は大丈夫だよ。ただ一緒にいれるだけでいいんだ」

「……ああ」

「この先、颯の人気がなくなっても、落ちぶれても、俺は一緒にいるよ」

とまらない涙がきまり悪くて、諒矢は本音に軽口の照れ隠しをまぶす。

「不吉なたとえだな」

つないだ手の甲を親指の腹で探りながら、颯が言った。

「ハゲても、お腹が出ても、颯のこと、ずっと好きだよ」

「……それって最上級のプロポーズ？　それとも思いっきりバカにしてる？」

「バカになんかしてないよ。颯はハゲてもきっとかっこいいよ」

「ハゲハゲって連呼すんなよ」

涙でむくんだ顔で諒矢が笑うと、颯もふっと笑った。

気負いのないそんなやりとりは、まるで昔に戻ったようだった。

ふいとつないだ手を颯の方に引き寄せられた。

カサカサと粉《こ》をふいた諒矢の手の甲に、颯がうやうやしく唇を寄せた。

「颯……」

「今度は間違わないから。ちゃんと大事にするから。ずっと、一緒にいて欲しい」

低く静かな声の奥に覗く切ないほどの情熱に、諒矢は幸せすぎて悲しくなる。

思いを込めて何度も何度も頷くと、颯は未練げに諒矢の手を解放した。

「送って行くよ」

その場の空気を変えるように短く言って、ハンドルの横のボタンを押す。

エンジン音が、静寂を押し流す。

「ホントはこのまま連れて帰りたいけど、今日のロケ、朝の四時半出発なんだ」

シートベルトをはめながら、颯が名残惜しそうに言った。

「四時半？　……ってあと二時間しかないじゃん」

「うん。今、諒矢を連れて帰ったら、絶対ロケに遅刻するから」

そう言って横目で諒矢を見つめる。瞳の奥に宿る情熱から、遅刻する理由を悟って、諒矢はどぎまぎと赤くなった。

「仕事、頑張って」

「ああ。元日は休めるから、仕事が終わったら連絡するよ」

サイドブレーキを解除してギアに手をかけた颯は、しかしなぜかもう一度サイドブレーキをかけ、シートベルトを外した。

「颯？　どうし……っ」

不審に思って横を向いた諒矢の身体は、いきなり颯にぎゅっと抱きしめられていた。

「そっ、颯！　ここ、公道だよ」

「ああ」

「人に見られたらどうするんだよ！」

「うん」

「人気者なんだから、もっと色々気をつけなくちゃだめだよ」

焦ってたしなめる言葉とは裏腹に、諒矢の手は颯のコートにしがみついていた。

ふっと抱擁《ほうよう》を緩《ゆる》めた颯の顔が、間近に諒矢を覗きこんできた。

張り詰めた眼差《まなざ》しにその意図を察して、諒矢は震えるまつげを伏《ふ》せた。

颯のひんやりとした唇が、諒矢の唇を塞《ふさ》ぐ。

高二のときの羽のように触れただけのキスとは違う、大人の情熱的なくちづけだった。

「……んっ……颯……っ」

痛いほど抱き寄せられて甘く舌を吸われると、気恥ずかしさと陶然とするような幸福感とで、また涙があふれた。

「また泣いてる」

颯が困ったように囁《ささや》き、諒矢の頬を伝う涙を唇で吸いとった。

「……今度のは、自分の分だから」

近すぎる距離に胸を高鳴らせながら言い訳にもならない言い訳をすると、

「俺のキスが泣くほどいやだったってこと？」

生真面目《きまじめ》な顔で訊かれた。

「そんなの、テレパシーで察しろよ」

諒矢が睨《にら》みつけると、颯はふっと表情を緩め、諒矢の顔じゅうにキスの雨を降らせた。

「幸せの涙なら、車が水没《すいぼつ》するくらい流していいよ」

「そんなに出したら、俺が干《ひ》からびるじゃん」

照れ隠しの軽口を返し、諒矢は颯の胸を押し返した。ひどく名残惜しかったけれど、このまま続けていたら、諒矢の方が颯を仕事に行かせたくなくなってしまいそうだった。

颯は再びサイドブレーキを解除した。

車は二人の思い出の場所からゆっくりと走り出した。

今度は決して揺らぐことのない、新しい未来に向かって。

不器用なシンパシー

「はい、諒《りょう》ちゃん」

正月の祝い膳《ぜん》の並んだテーブル越しに大森《おおもり》からお年玉袋を差し出されて、諒矢《りょうや》は恐縮してかぶりを振った。

「いえ、あの、もうそういう歳じゃないし……」

「まだまだそういう歳だよ」

「いらないなら俺が諒ちゃんの分ももらっておくね」

横から郁人《いくと》が袋を掠《かす》め取《と》ろうとして、大森に頭を小突かれる。

「痛いよ、もう！　正月から子供を虐待《ぎゃくたい》すんなよ」

「なにが虐待だ。おまえこそ正月から行儀悪いことすんなよ」

見慣れた親子のじゃれあいを微笑《ほほえ》ましく眺《なが》めていると、大森の長い手が伸びてきて諒矢のシャツの胸ポケットにスッとお年玉袋を差し込んだ。

「すみません、ありがとうございます」

毎年の厚意に恐縮しながら、諒矢は大森夫妻に頭を下げた。

「今年も諒ちゃんとお正月が迎えられてとっても嬉しいわ」

彩《あや》がふくよかな顔で嬉しげに笑い、それから少しだけ窺《うかが》う表情になる。

「三が日はご実家で過ごすのかと思ってたけど、急に戻ってきたりして、ご実家で何かあったの？」

諒矢は慌ててかぶりを振った。

「全然そんなことないです。ちょっとこっちで用事があったのを思い出して……」

ややしどろもどろの説明になってしまったが、明日からまた実家に行ってくることを話すと、彩はほっとした顔になった。

「何か問題があったわけじゃないなら良かったわ。あ、お雑煮《ぞうに》よそってくるわね」

キッチンへと立つ彩に、

「ねえ、俺のはおもち十個入れてね！」

郁人が突拍子もないことを言ってじゃれつく。

「そんなにお椀《わん》に入るわけないでしょう」

「じゃ、五個」

「それも無理」

二人が仲良くキッチンに消えて行くのを眺めながら、今頃颯《そう》は何をしているのだろうかと考える。

大みそかは深夜まで撮影《さつえい》だと言っていたから、まだ寝ているかもしれない。今日は午後から颯のマンションに行く約束をしており、そのことを考えると胸の奥がそわそわと落ち着かなく疼《うず》いた。

昨日の未明、想いを確認し合ったあと颯の車でここまで送ってもらった。そのあとずっと、颯のことを考え続けていた。

会えずにいた二年の間の自分の気持ち、颯の気持ちを思い返すたび、胸がひどく痛み、けれど今、自分たちは改めて強い絆《きずな》で結ばれたのだと思うと、痛みは甘い疼きに変わる。

諒矢は目の前でゆったりとテレビを眺めている大森に視線を向けた。

出会いから、大森にはたくさん迷惑と心配をかけてきた。颯との和解を真っ先に報告したいと思っていたが、郁人の前で男同士の恋愛話を切りだすのも憚《はばか》られて、タイミングを逸《いっ》していた。

視線に気付いてか、大森がふと諒矢の方に目を向けた。

「あの」

「うん？」

「あの、色々迷惑ばっかかけちゃったんですけど……」

どんな言葉で告げたらいいのか逡巡《しゅんじゅん》したのち、諒矢はそっと言った。

「昨日、颯と仲直りしました」

大森は大らかな笑顔をひらめかせた。

「そうかなと思った。昨日車で送ってきたのって、戸賀崎《とがさき》くんだよな」

まだ夜明け前だったからみんな寝ていたと思っていたのに、大森には気付かれていたらしい。

「すみません、起こしちゃいましたか」

「いや。歳とると目覚めが早くてな」

冗談を言って、大森は大きな手で諒矢の頭を撫《な》でてくれた。

「よかったな」

「ありがとうございます」

「もうケンカすんなよ」

「なになに、ケンカってなんの話?」

溢《あふ》れんばかりに餅《もち》が盛られた椀を危なっかしく運んできた郁人が、会話に割り込んでくる。

「諒ちゃんと戸賀崎颯の話だよ。バンド再結成することにしたんだって」

大森がからかい口調で言う。

「え、マジで? すげー、諒ちゃん! じゃテレビとかに出ちゃうの?」

「違う違う、プライベートの遊びの話」

「遊びでバンド? じゃ、俺も混ぜてよ。リコーダー担当で!」

「颯に話しておくよ」

諒矢が笑いながら請《う》け合《あ》うと、郁人はやったーと無邪気に笑って、椀からはみ出た餅にかぶりついた。

毎年の恒例で大森一家と近くの神社に初詣《はつもうで》に行き、ファミレスで賑《にぎ》やかに昼食を食べたあと、諒矢は一人別れて、颯のマンションへと向かった。昨日の別れ際、最寄り駅と道順を教えてもらっていた。初めて辿《たど》る道筋に胸が逸《はや》った。

携帯を実家に置いてきてしまったせいで、今から行くとか、もうすぐ着くとか、気安いやりとりをできないことが、余計にそわそわと緊張を高めた。大森の店の前で颯と二年ぶりに再会したときでさえここまで緊張しなかったのに、想いが通じ合った今になってどうしてこんなに上擦《うわず》っているのか、自分でも不思議だった。

マンションのエントランスのインターホンで来訪を告げると、颯はすぐに応じてロックを解除してくれた。部屋のある階まであがると、颯はドアの前で諒矢を待っていた。

颯の顔を見たら、さらに胸がドキドキした。

「あの、ええと、あけましておめでとう。昨日、遅かったんだろ？　もしかして今寝てたりしなかった？」

緊張を隠そうと一息にまくしたてると、颯はふっと笑ってかぶりを振った。

「しないよ。ずっと諒矢を待ってた」

そう言ってドアを開け、諒矢を先に中に通してくれる。背後で颯がドアを閉めた気配がしたと思ったら、背中からぎゅっと抱きしめられた。

「颯？」

びっくりして首だけ振り返ると、颯は諒矢の身体を向かい合わせに抱きしめ直して、唇を寄せてきた。

心臓が激しく脈打ち、耳の奥で血潮《ちしお》のざわめきが聞こえる気がした。

颯に抱きしめられてる。

颯にキスされてる。

極度の幸福感と緊張の狭間《はざま》でカタカタと指先が震え、諒矢は颯のシャツにぎゅっとしがみついた。

時が止まったような長いくちづけのあと、そっと身体を離した颯が、諒矢の顔を見て小さく笑った。

「がっつきすぎだって?」

そんなことない。そんなこと思うはずない。俺だって昨日の朝颯と別れてからずっと颯に触れたくてたまらなかった。

いや、昨日どころか、離れている二年の間、ずっと、ずっと。

けれど募《つの》りすぎた想いはうまく唇にのせられなくて、諒矢は足もとに落ちた紙袋を拾い上げて「はい」と颯に差し出した。

「何?」

「大森さんちから、颯へって。大森さんお手製の焼豚《やきぶた》と、彩さんの作った煮しめとか錦玉子《にしきたまご》とか黒豆とか色々。すごいおいしいよ」

颯は紙袋と諒矢を何度か見比べて、困ったように笑った。

「ホントにいい人たちだな。俺、いきなりあんなひどいことしたのに」

「だからあれは俺が悪いって言ったじゃん。大森さんだってそれはわかってるから」

切ない話を蒸し返したくなくて、諒矢はわざと無神経なそぶりでずけずけと颯の部屋へとあがっていく。

リビングのテーブルの上には、ドラマの台本と思《おぼ》しきものが広げてあった。

「仕事してた?」

「仕事ってほどのことじゃないけど、明日からまた撮影だから」

「そんなに忙しいのに、貴重な正月休みを俺が一日独占しちゃっていいのかな」

諒矢が言うと、キッチンに行きかけていた颯が振り返った。

無言のまま無表情に見つめられ、けれど語らずとも颯の言おうとしていることはわかる。

諒矢はふっと笑ってみせた。

「俺も大人になったでしょ? 一応遠慮《えんりょ》してみせる大人の社交辞令とか身につけちゃって」

それから我が物顔でソファにふんぞり返る。

「でもホントのところは遠慮するつもりなんて全然ないから。俺には颯の休日を独占する権利があるもん」

颯との行き違いが誤解であったことが判明し、晴れて想いを伝えあったとはいえ、二年の間抱《かか》えていた不安や痛みの記憶がすべて消え去るわけではない。

自信ありげに権利を主張してみせたのは、自分へのリハビリでもある。

颯は表情を緩《ゆる》め、キッチンから缶ビールを持ってきて諒矢の隣に腰をおろした。

大森夫妻の心づくしをつまみにビールを飲みながら、二人で眠気を誘う正月番組を眺める。

幸せってこういうことを言うんだろうなと思ったら、なんだかふっと涙ぐみそうになった。

あたりまえのように颯が傍《かたわ》らにいた頃には、それをいちいち幸せだなどと確認したことがなかった。一度失って、初めて気付く。それがどれほど得難《えがた》く貴重なものだったのか。

こうしていると、空白の二年がうそのようだった。颯が傍らにいて、お互い無言でテレビを見ていても何の気詰まりも感じない、この居心地のいい空気。あの頃と全然変わらない。変わったのはアルコールが飲める歳になったことくらいだろうか。

ほろ酔《よ》い気分に身を任せ、諒矢はテレビにのどかにつっこみを入れ、颯はそれに笑ったり、ちょっとしたコメントを差し挟んだりした。深刻な話は何もしなかった。別にそういう取り決めをしたわけでもないのに、離れていた二年の間のことはどちらの口からも一切出なかった。

二人にとって、以前と変わらないこの空気こそが大事で、不幸な行き違いをあれこれ取りざたするのは時間の無駄遣《づか》いというものだった。

ぬるまったく幸福な時間がゆっくりと流れ、気付けばいつの間にか窓の外が薄暗くなっていた。

だらだらと眺めていたバラエティー番組のエンドロールが流れ、左隣に座った颯が諒矢の前のリモコンに手を伸ばしてきた。トンと肩が触れ、不意に颯との距離の近さを意識する。

三人がけのソファは、左端にもう一人充分座れるだけのスペースを残している。

颯との近さを実感すると同時に、ソファの立派さや部屋の広さが急に意識にのぼってくる。以前と変わらないとさっきまで確信していたのに、心の水面に小さな砂粒《すなつぶ》が落ちたみたいにふっと波紋《はもん》が起こる。

一瞬ぼんやりしていたら、突然目の前の液晶画面に颯の顔が大写しになり、諒矢は思わずびくっとなった。

携帯電話のＣＭだった。スタイリッシュな黒いスーツに身を包んだ颯が、挑《いど》むような目でこちらを見つめてくる。一分の隙もない息をのむ美しさに、頭の中が冴え冴えとする。

ザッピングしていた颯は、画面ごしの自分に眉《まゆ》をひそめ、テレビの電源をオフにしてしまった。

元日で通りを行き交う車も少ないせいか、急に息苦しいほどの静寂に包まれる。再び、ここにくる道すがら覚えた緊張感がぶり返してきて、諒矢はそんな自分のぎこちなさを誤魔化すように口を尖《とが》らせて茶化した。

「なんで消しちゃうんだよ。今のＣＭ、最後まで見たかったのに」

「本人がここにいるだろ」

耳たぶをつままれ、ぐいっと颯の方を向かされた。

「……痛いよ」

抗議する声が、心なしか弱々しいものになった。耳たぶに触れたまま離れない颯の指先に向かって、身体中の熱が集まっていくような気がする。

目の前には生身《なまみ》の颯がいる。人気俳優としてではない颯。けれど幼馴染の颯とも違う気がする。

一緒に上京した頃にはまだ僅《わず》かに残っていた少年っぽさはすっかり影をひそめ、洗練されて大人びた颯。こんなに硬質なフェイスラインをしていただろうか。こんなに逞《たくま》しかっただろうか。住む部屋も、まとう服も、あの頃とは違う。諒矢は当時とみじんも変わっていないというのに。

気おくれやひがみではない。ただ単純に、改めて意識した颯の変化がまぶしくて緊張した。幼馴染でも芸能人でもなく、恋人として目の前にいる颯の前でどんな顔をすればいいのか、わからなくなってしまう。

耳たぶをもてあそんでいた颯の指先が頬をすべってあごに下り、軽く仰《あお》のかされる。怖《おじ》けて身を引くと、ソファのひじ掛けに背中から倒れ込むような体勢になった。

ゆっくりと颯が覆《おお》いかぶさってきて、唇を塞《ふさ》がれた。

何度か唇を触れ合わせたあと、くちづけはいきなり深くなった。

「ん……っ」

猛々《たけだけ》しいキスに、身体中が心臓になったみたいにドキドキする。ソファの背もたれと颯の身体に挟《はさ》まれて身動きも取れなくなって、自分がひどく脆弱《ぜいじゃく》ないきものになってしまったような覚束《おぼつか》ない気持ちになる。体格差はあれど同い年の男同士、その気になれば容易に押し返せるはずなのだが、そういう物理的な問題ではなくて、感情とか気持ちの部分で力が入らない。

恋人のキスが死ぬほど嬉しくて、うっとりするほど心地よくて、けれど自分の中に湧き起こってくる情動に怖気づく。自分が自分ではなくなってしまうみたいで。颯の前であられもない醜態《しゅうたい》をさらしてしまいそうで。

くちづけで諒矢をとろかしながら、颯の大きな手のひらが諒矢のシャツの中に忍び込んできた。

脇腹を下から上へぞろりと逆撫でされると、鼻にかかったような喉声がこぼれて、諒矢はそんな自分にたじろいだ。

自分がこんな声を出すなんて。こんなに非力で過敏ないきものだったなんて。

いつも寡黙《かもく》でストイックな部分が勝っている颯の、思いがけない性急さと情熱にも驚かされる。

颯の身体はこんなに重かっただろうか。颯の吐息はこんなに熱かっただろうか。颯の手はこんなに情熱的だっただろうか。

怖い、と思った。嫌だなんてみじんも思わない。嬉しいし、官能的な昂《たかぶ》りも感じている。このまま颯が欲しい、颯のものになりたいと思う。そんな自分の思いも含めて、この状況が怖くて居たたまれなくなる。

状況に、身体が追い付かない。それとも状況を追い越しそうになる身体の暴走に気持ちが追い付かないのだろうか。

気が付いたら、満身の力で颯の胸を押し返していた。

颯が目を見開く。予想外の強い拒絶に、戸惑《とまど》ったようだった。

その瞳を見て、諒矢は更《さら》なるパニックに陥《おちい》る。

嫌がっていると誤解されたらどうしよう。そうじゃない。そういうことじゃない。けれど自分でもよくわからない戸惑いをうまく言葉にできなくて、諒矢はうろうろと視線を泳がせた。

ふと、テレビの脇のラックに視線が止まる。

「あ、ねえ、あれが観たいな」

肩越しの視線を追うように、颯が上半身を起こして背後を振り返った。

諒矢が「あれ」と指差したのは、海賊《かいぞく》映画のＤＶＤだった。ラックには最新作の四作目までがきれいに並んでいる。

「俺、一作目しか観てないんだ。颯と一緒に続きが観たい」

言っておいて、自分で落ち込む。こんな唐突な提案、絶対誤解される。颯を傷つけたかもしれない。嫌な気分にさせたかもしれない。

颯と抱き合うことが嫌なんじゃない。むしろ颯より諒矢の方がずっと颯を欲していると思う。自分で自分がうまくコントロールできない。

「……ごめん、颯はもう観てるから、退屈だよね」

せめて触れ合うことが嫌なんじゃないということだけはわかって欲しくて、諒矢は颯の手に強く指を絡ませながら言った。

颯はきゅっとその指を握《にぎ》り返《かえ》してきた。

「そんなことないよ。せっかくだから一作目から観ようか」

さらっと言って、颯は身を起こし、本当に一作目をデッキにセットした。

さっきと同じようにソファに並んで座って、ＤＶＤを観た。飲み物を取りに行ったり、ＤＶＤを入れ替えたりする時以外は、ずっと手をつないでいた。そうやって触れ合っていると、先ほどの気まずさがどこへともなく消えて、再び穏やかで親密な空気が二人を包んでいくように思えた。

そういえば、物心つく前から一緒に過ごしてきたのに、手をつなぐのは初めてではないかという気がした。

「エアコンの温度、もうちょっと上げようか?」

颯が傍らから小声で訊《たず》ねてきた。

「平気」

諒矢も小声で答えた。本当は少しだけ肌寒《はだざむ》い気がしたけれど、テレビ台のところにあるリモコンを取りに行くためにつないだ手をほどかれるのが淋《さび》しかった。

諒矢の荒れがちな手と違って、颯の手はなめらかでがっしりと骨ばっている。そのあたたかさを感じながら、諒矢は少しだけ颯のほうに身体を寄せた。

実家のこたつでごろごろしながら、諒矢《りょうや》はぼんやりとテレビ画面を目で追った。颯《そう》から借りた海賊《かいぞく》映画の四作目を鑑賞しているところだったが、内容はほとんど頭に入って来なかった。

颯の家でＤＶＤ鑑賞をした日、諒矢はいつの間にか眠ってしまい、目が覚めたらもう外が明るくなっていて、颯はいなかった。ソファに横たわった諒矢の上にはふんわりと上掛けがかかっていて、ローテーブルの上には、きれいに洗ったタッパーとまだ観ていないＤＶＤが入った紙袋が置かれていた。

颯と想いが通じ合った興奮でここ数日眠れていなかったとはいえ、家主が出かけることにも気付かずに寝こけていた自分にかなり呆《あき》れた。そんな自分を起こさずに出かけた颯の優しさと水くささにも気持ちがゆらゆらした。

テーブルの上に「行ってきます」と短い書き置きがあったが、直接言葉をかわせなかったせいで、なんだか覚束《おぼつか》ない気持ちになった。颯の求めを拒絶してしまった気まずさは、手をつないで映画を見たことで払拭《ふっしょく》されて、また心地好《よ》い親密な空気が戻った気がしたが、一夜明けて冷静になってみれば、自分はやはり取り返しのつかないことをしたのではないかという気がした。

その気持ちは、実家に荷物を取りに戻る電車の中でも、慣れない実家の自室で眠った二晩も、こうして昼近くになって起きてきて、こたつでごろごろしながら借り物のＤＶＤを眺《なが》めている今もずっと尾を引いていた。

もしも逆の立場で、自分があんなふうに白々しい肩すかしをくらったら、かなり傷つくし腹も立ったと思う。

あれから短いメールを何度か送ったが、新年早々ドラマの撮影で忙しい颯を煩《わずら》わすのも気が引けてそっけないほどさり気ない文面になってしまった。颯からその都度《つど》届く短い返信にも、元日の晩のことは一切触れられていなかった。

「東京にとんぼ返りしたと思ったら、今度は元気なくごろごろしてるし、なにかあったの？」

母親が洗濯物を畳《たた》みながら声をかけてきた。

「……別に何もないよ。やっぱり実家は落ち着くなって思って」

一向に頭に入って来ないDVDを消しながら諒矢が言うと、母親はちょっと嬉しそうな顔になった。

「今日の最終列車で帰ればいいんでしょう？　夕飯、早めにするから食べていきなさいよ。今日は山下《やました》さんも早く帰るって言ってたから」

山下は二日からすでに仕事に出ている。鷹揚《おうよう》であたたかい人柄《ひとがら》の山下の前では気をつかわずに過ごせているつもりだったが、こんなふうにこたつでごろごろするのは山下がいないとき限定というところに、諒矢なりの遠慮《えんりょ》があった。

「大森さんへのお年賀、忘れずに持っていってよ。それから今度はあまり間を空《あ》けずに顔をみせてね。そうそう、今年はおばあちゃんの十三回忌《き》もあるし、ちゃんと顔出してよ」

母親の諸注意を生返事で聞いていると、不意に傍《かたわ》らで携帯が鳴りだした。着信音ですぐに颯だとわかり、諒矢はぱっと手を伸ばした。

あまりにも短いコールで出た諒矢に、颯はちょっと戸惑《とまど》ったように訊《たず》ねてきた。

『今、平気？』

「うん。そっちは今仕事中？」

『いや、天気の都合で、今日はロケが中止になったんだ。今、墓参りを済ませたとこ』

「墓参り?」

問い返してから、諒矢はガバッと身を起こした。

「え、こっちに来てるの? 今どこ? 泊まり?」

『いや、もう帰るところ。おまえも今日東京に戻るって言ってたから、試しにかけてみた』

「今どこ?」

『駅前のファミレス』

「すぐ行く! 十分で行くから待ってて!」

電話を切るなり、諒矢はこたつから飛び出した。

「ごめん、俺、帰るね。山下さんによろしく」

「え? ちょっと待ちなさいよ。どうしてあなたって毎回そう急に飛びだして行くのよ」

「また近々来るから!」

階段を一段飛ばしして二階から荷物を取って来て、そのまま玄関を飛び出した。

「諒矢! お年賀忘れてるわよ!」

母親の声が聞こえてくるものの、その内容はてんで頭に入って来なかった。

雪がちらつく通りを走りながら、つい先日、同じようにこの道を走ったことを思い出すと、なんだかおかしくなった。

息せききってファミレスに辿《たど》りつき、ガラス越しに颯の姿を探していたら、通りの向こうから「諒矢」と低く呼ぶ声がした。

颯が駅舎の前で片手をあげた。地元の駅前に颯が立っている、その当たり前の風景が不思議で、眩《まぶ》しいものでも見るように目を眇《すが》めながら、諒矢は通りを横切った。

「ちょうど十分後に出る列車があるから、チケット買っておいた」

「サンキュー」

諒矢が財布を出して自分の分を払おうとすると、颯はかぶりを振って売店を指差した。

「かわりに飲み物とお菓子をおごって」

そんな不公平なギブアンドテイクってあるだろうかと思いつつ、今のお互いの状況を考えれば、逆にそれで公平かもしれないと、少しだけ卑屈《ひくつ》になってみる。

売店で、アーモンドチョコレートとあたたかいお茶を買って、ちょうど滑《すべ》り込《こ》んできた新幹線に乗り込んだ。

当たり前のように窓際の席を促《うなが》されてナチュラルに腰を降ろしてから、ふと思う。

「そういえば颯と電車に乗る時って、いつも俺が窓際だよな」

「おまえ、昔から外の景色見るのが好きだもんな」

「……お子様優先席的なアレ？」

ちょっとムッとしてみせると、颯が妙に大人っぽい顔で微笑《ほほえ》むから、またどぎまぎとしてしまう。

そんな諒矢の心の揺れを知ってか知らずか、颯は悠然《ゆうぜん》と諒矢の鞄《かばん》と自分の手荷物の紙袋を網棚《あみだな》にのせている。その見慣れた地元銘菓《めいか》の紙袋を見て、俄《にわ》かに母親の声が耳に蘇《よみがえ》った。

「あ、お年賀忘れた！」

「え？」

「うちの母親から大森《おおもり》さんに渡すように頼まれてたのに、忘れてきちゃった」

「じゃ、これ持っていけよ」

颯はあっけらかんと言って、自分の手荷物を指差した。

「は？　だってそれ、颯が誰かにあげるんだろ」

「ドラマの現場に差し入れようと思っただけで、特定の誰かにってわけじゃないから」

「だからって、俺がもらうわけにはいかないよ」

「いいから」

静かなのに有無を言わさぬ調子で言って、颯は諒矢の隣に腰を落ち着けた。

すぐ近くに体温を感じながら、諒矢はぼそぼそと言った。

「……この前、悪かったな」

「ん？」

「朝、寝こけてて……」

「ああ。起こそうかなって思ったけど、あんまり気持ちよさそうに寝てたから」

「起こしてくれればよかったのに」

「次は起こすよ」

次があるのだということにホッとすると同時に、ドキドキがひどくなる。

「映画の続き、もう観た？」

「途中まで観たけど、やっぱ颯と観た方が楽しいから、今度一緒に観てよ」

「うん」

些細《ささい》なやりとりが楽しくて嬉しかった。

墓参りのついでとはいえ声をかけてくれて、こうして東京までの時間を一緒に過ごせるのだ。

車窓を通り過ぎる灰色の雲に覆われた田舎町《いなかまち》の景色が、ひどく神々しくかけがえのないものに見えた。

颯は時々目を閉じては、眉間《みけん》を指先で揉《も》んでいた。

「疲れてる？」

訊《き》くまでもなく疲れているだろう。正月休みはたった一日で、早朝から深夜までドラマの撮《さつ》影《えい》に追われているのだ。その間に雑誌の取材などの細々した仕事も入っているらしい。

颯は重そうな瞼《まぶた》で笑った。

「疲れてるわけじゃないんだけど、霊園の寒さと電車の中のあったかさがギャップありすぎて。なんか無性に眠くなってきた」

「だったら着くまで寝てなよ。俺は颯と違って、駅に着いたらちゃんと起こしてあげるから」

「俺が意地悪で起こさなかったみたいじゃないか」

「そんなこと言ってないけど」

「せっかく諒矢と一緒にいるのに、寝るなんてもったいないよ」

嬉しい言葉にうずうずしながら、照れ隠しの軽口を返す。

「じゃ、この間ぐうぐう寝こけた俺は超無神経？」

「まあそうだな」

「あ、ひでー。そんなことないよって否定しろよ」

しばらくは愉快《ゆかい》に言い合っていたが、颯は相当疲れていたようで、会話が途切れてしばらくすると、かくりと首が揺れた。

諒矢は颯の頭をそっと自分の肩口に寄せた。

颯の静かな寝息と肩に触れるあたたかさに、胸が揺れる。颯と仲直りするまでの二年間、決して思い出すまいと目を背《そむ》け続《つづ》けていた二人暮らしの記憶が蘇る。楽しかった短い日々。一度は壊れてしまったけれど、また取り戻したい。

今や有名人となってしまった颯と一緒に暮らすことは望めないかもしれないけれど、せめてこれから可能な限りたくさん、一緒の時間を重ねていけたらと思う。

諒矢は網棚の鞄を見上げた。あの中に入っているＤＶＤ、今日颯の部屋で一緒に観れないかな。決意を秘めて諒矢は思う。このまえ中断した行為の続きをもちかけられたら、今日は絶対に拒《こば》んだりしない。

肩に幸福の重みを感じながら過ごした時間はあっという間だった。終点が近づいてアナウンスが流れると、起こすまでもなく颯は目を覚ました。

「……悪い、マジ寝した」

「うん。思いっきり涎垂《よだれた》らしてたよ」

からかったら、横から頭を小突かれた。

新幹線を降りたところで、諒矢は思い切って颯に声をかけた。

「このまま帰るの？　俺も一緒に行っていい？」

目深《まぶか》に被《かぶ》った帽子《ぼうし》の奥で、颯がちょっと驚いた顔をした。

「この間借りたＤＶＤ、ここに入ってるんだ」

颯の唇の端に少し淋《さび》しげな笑みが浮かんだ。

「悪い、このあと仕事で事務所に顔出さなきゃならないんだ」

勇気を出して持ちかけただけに、あっけなく断られてがっかりした。けれど心のどこかでホッとしている自分もいた。この間のリベンジをと思いながらも、自分でもうまく説明できない不安感は、正直なところまだ胸の内でくすぶっていた。

「大森さんによろしくな」

颯は手土産《てみやげ》の紙袋を諒矢の胸元に押し付けてきた。

「ホントにいいの、これ?」

「ああ。また連絡する」

「うん。俺も」

思いがけず今日会えたことが嬉しくて、こうして「またね」と笑顔で手を振れる関係に戻れたことが幸せだった。反面、会ってしまったら離れがたくて名残惜《なごりお》しくて、胸の中がすうすうと淋しくなった。


「ため息をつくと、幸せが逃げるよ」

トミさんの窘《たしな》めるような声に、諒矢《りょうや》はのろのろ顔をあげた。

ランチタイムの混雑が引いた店のカウンターで、諒矢はトミさんの隣に座って賄《まかな》いのカレーを食べているところだった。

「俺、ため息なんかついた?」

「ついたもなにも、もう五回目だよ」

リズミカルに編《あ》み針《ばり》を操りながら、トミさんはカレー皿の横の携帯にあごをしゃくった。

「株価でも下がったのかい？」

さっきから諒矢が携帯ばかり覗《のぞ》いているのを見ていたらしい。

「うちの薄給じゃ株なんか買えないよな」

コーヒーのおかわりを注ぎにきた大森《おおもり》が失笑をもらし、ひょいと諒矢の携帯を覗きこんだ。

「おー、すごい雪景色だな。……ってごめん、人の携帯を覗き見するなって彩《あや》に怒られたばっかだった」

「ただの写メだから、全然いいですよ」

「戸賀崎《とがさき》くん？」

「ええ。ロケ先、今日も結構な吹雪みたいです」

「毎日様子を知らせてくるのか。仲良しだな」

意味ありげな笑みを浮かべてからかってくる大森に、諒矢は曖昧《あいまい》に笑ってみせた。

一緒に東京に戻った日から十日。多忙な颯《そう》とは会えてなくて、またメールのみのやりとりだ。

颯からのメールの文面は「元気？」「寒いな」等々、文章どころか単語一つのことが多く、その言葉足らずを補うようにいつも写真つきだった。ロケ先の風景だったり、ホテルの室内だったり、ロケ弁だったたり、颯の目に映《うつ》った景色を垣間見《かいまみ》れることはささやかな喜びだった。

本当のことを言えば、颯自身が映《うつ》り込《こ》んでいたらもっと嬉しいのにと思う。でも、そんな恥ずかしいことを言葉にしてねだるには、幼馴染歴が長すぎた。

口に出せないこともメールでなら伝えられるなんていうけれど、諒矢は逆だ。その場でわたしに消えてしまう言葉だからこそ、口にできることってあると思う。メールを打つという行為を支配しているのは理性だ。「好き」だとか「会いたい」とか「恋しい」とかそういう単語を理性で打ち込むのは気恥ずかしすぎる。

だから諒矢のメールも自然そっけないものになり、そんな自分が歯がゆかった。

颯からの写メに写り込んでいるスタッフや共演者の笑顔を見ると、羨《うらや》ましくてたまらなくなる。自分もそこにいたい。颯の視界に。手を触れられるところに。

半月ほどが経過して、颯を拒《こば》んだことは遠い記憶になるどころか、諒矢の中では日に日に大きなしこりになっていた。

自分で自分がわからない。こんなに恋しいのに。現場のスタッフに嫉妬《しっと》するくらい会いたいのに。それなのに会ってまた求められたら、自分はこのまえと同じように怖気《おじけ》づくような気がする。

郷里から一緒に東京に戻った日、颯は用事があるからと諒矢の来訪をやんわり拒《こば》んだ。

本当に用事なんてあったのだろうか。元日の一件で気を悪くして、意地悪を言ったんじゃないだろうか。

疑り深く後ろ向きな思考にとらわれている自分にふと気付いて、諒矢は思わず失笑した。

颯がそんな人間でないことはよくわかっている。決裂した際の行き違いも氷解した今、颯のひととなりを一番よく知っているのは諒矢だと自負している。ずっとずっと、一緒だったのだから。

物心つく前から一緒で、気が付いたら颯に恋していた。大好きな颯と片時も離れたくなくて、一緒に上京した。

そう、あの流れのままに自然に距離を詰めていたら、なんのためらいもなく颯と肌を重ねていた気がする。一度リセットされて、改めて恋人という間柄《あいだがら》でリスタートした関係は、想像以上の高揚感《こうようかん》を伴《ともな》って諒矢を戸惑《とまど》わせるのだった。

カランと軽やかに店のドアが開く音がした。

「いらっしゃいま……お！」

愛想よく客を迎えた大森の目が、驚いたように見開かれる。

その視線を辿《たど》って振り返ったら、エリが立っていた。

「おやまあ。リカちゃん人形かと思ったわ」

トミさんが老眼鏡をはずして不躾《ぶしつけ》なほどにじろじろとエリを眺《なが》めまわして呟いた。

「わー、嬉しい！　私、リカちゃん大好きです。じゃ、諒矢くんはワタルくんね」

はしゃぎながら諒矢の肩に手をかけてきたエリは、はっとトミさんの手元に目を瞠《みは》った。

「え、もしかしておばさまがエコタワシの作家さん？」

「作家？」

トミさんは胡散臭《うさんくさ》げに眉根《まゆね》を寄せた。

「颯にお願いして、これ、いただいたんです」

エリは真っ白なファーのバッグから大切そうに携帯入りの鯉《こい》のぼりを取り出した。

「ありがとうございました！」

「あらあら。若い人って本当に酔狂《すいきょう》だね」

そんな言い方をしながらも、トミさんの顔は嬉しそうだった。

「すっごいかわいいってみんなに羨《うらや》ましがられるんですよ」

「あなたみたいな別嬪《べっぴん》さんが持ってくれたら、なんだってかわいく見えるわよ」

「いやーん、そんなことないです。……うわ、すごい！　おしゃべりしながら全然手元を見ないで編んじゃうんですね」

「こういうのは頭じゃなくて手が覚えてるもんだからね」

「すごーい！　そうだ、あの、もしかしてこんなのも作れちゃったりしますか？」

エリはバッグからファッション雑誌を引っ張り出して、パラパラめくった。

「こんな感じのショールが欲しいなってずっと思ってるんですけど、気に入った色が見つからなくて」

トミさんは老眼鏡をかけ直して雑誌を覗きこんだ。

「簡単だよ。同じモチーフを繋《つな》ぎ合《あ》わせるだけだから」

「え、ホントですか？」

「あの、エリさん」

異様に盛り上がっているエリに、諒矢はおそるおそる声をかけた。

「今日は急にどうしたんですか？」

たまたま客はトミさんだけだが、いつ新しい客が入ってくるとも知れず、無防備にオーラを撒《ま》き散《ち》らしている有名女優にハラハラしてしまう。

エリははっと諒矢を振り返り、それから大森の方を見て、「ごめんなさい！」と焦《あせ》ったように謝った。

「つい興奮してしまって。今日はこの間ご迷惑をおかけしたお詫《わ》びに寄らせていただいたんです。あの日は本当にすみませんでした」

エリはバッグと一緒に提《さ》げていた有名ショコラティエの大きな包みを大森に差し出した。

「迷惑だなんてとんでもない。こんなお気づかいを頂《いただ》いたら、却《かえ》って申し訳ないな」

日常生活では滅多《めった》に見かけないレベルの美人を前に、彩命の大森もさすがにデレた表情になる。

「あ、もうお昼は食べましたか？　よかったら食べていってください」

「わー、嬉しい！」

奥まった席に大森はエリを案内し、普段は店の入り口に置かれている木製のパーテーションを移動して、さり気なく他の席から隠れるようにしつらえる。

昼休憩《きゅうけい》の途中だった諒矢も大森に促《うなが》され、食べかけのカレーを持ってそのＶＩＰ席に移動した。

大森が運んできた牡蠣《かき》グラタンのランチセットにエリは歓声をあげ、ふわふわした長い髪を髪留めできゅっとひとまとめにして、幸せそうに頬張った。

「すっごいおいしい！　諒矢くんは幸せだね。毎日こんなおいしいものを食べれて」

ものすごい美人のくせに、笑うと反則なくらいにかわいらしい。思わずその笑顔に見惚《みと》れていると、

「何？　あ、もしかしてソースついてる？」

ペロッと舌先で唇を舐《な》めるちょっと行儀が悪いのに下品にならない仕草に失笑しながら、諒矢は言った。

「いや、毎日そんな笑顔を見れるなんて、エリさんの恋人こそ幸せだなって思って」

エリは長いまつげに縁取《ふちど》られた目を一度大きく見開いたあと、ちょっと意地悪げに眇《すが》めた。

「じゃあ、諒矢くんがその幸せな恋人になってよ」

何を言ってるんだかと、取り合わずにいたら、エリはふふふと笑った。

「なってくれるわけないよね。諒矢くんには颯っていう恋人がいるんだから」

「…………！」

諒矢は飲みこみかけていたカレーにむせそうになり、慌ててグラスに手を伸ばした。

「なんで知ってるのかって？」

諒矢の動揺を見て、エリは小声でいたずらっぽく言った。

「この前大澤《おおさわ》さんとケンカして、腹いせに浮気してやるーって思ったの。で、おととい颯に会ったときに『この間のかわいいお友達を紹介して』ってお願いしたら、『諒矢は俺のものだから、絶対に手を出すな』ってすっごい怖い顔で怒られちゃった」

諒矢は耳が赤くなっているのを自覚しながら、無言でグラスの水を飲みほした。

「彼氏のおのろけに対して、何かコメントはないの？」

からかうように身を乗り出してくるエリに諒矢はいったん視線を落とし、それからそろそろと上目づかいにエリを見上げた。

「おととい、颯に会ったの？」

「え、そこ？」

エリはちょっとぽかんとした顔になる。

「うん、映画の吹き替えの取材で会って、ごはん食べたよ。それがどうかした？」

「……いや、俺はもう十日も会えてないから」

そんなつもりもなかったのに、思わずぼろっと情けないことをこぼしてしまった。

「え、ホント？　ケンカでもしたの？」

「いや、そういうんじゃなくて、颯、忙しいみたいだから」

「確かに、ドラマの録《と》りがかなり押してるみたいね。でもおとといは東京にいたし、私とごはんを食べる時間はあったんだから……ってなんか無神経なこと言ってるね、私。ごはんっていっても配給会社の人と一緒だったから、それも含めての仕事みたいなものだったし」

諒矢の表情を見て途中からエリはフォローに回ったが、やっぱり被害妄想《もうそう》などではなく颯に避けられているんじゃないかという確信を深めて、諒矢は少し落ち込んだ。

「そんな顔してないで、会いたいって言ってみればいいじゃない。この間ののろけっぷりからして、颯はどんなに忙しくても飛んでくると思うけどな」

「……言えない」

「なんで？」

なんで？　なんでだろう。しばらく考えて、諒矢はモヤモヤとわき上がってくる気持ちを言葉で表現してみた。

「恥ずかしい」

口にしてみたら、そのこと自体がひどく恥ずかしくて、思わず視線をテーブルに落とす。

「えー、何がどうして恥ずかしいの？」

「……幼馴染だったんだ。ずっと。今さら会いたいとかそういう甘えた言葉を口にするのが恥ずかしい」

「よくわかんないなぁ。幼馴染だったらかえって言いやすそうだけど。私なんて会いたい人がいたら速攻『会いたい』ってメールするよ。友達でも知り合いでも恋人でも親でも」

そう言ったあと、エリは「あー」と何か納得したような声を出す。

「それって私が女だからかな？　女子って感情を言葉で伝えあうのが好きだけど、男の人のメールって用件伝達がメインみたいな感じだもんね。確かに、男同士で同級生って、恋愛的には甘えどころが難しそうかも」

自分が甘えたがっていることを話題にされるのも恥ずかしくて、諒矢は視線をあげてエリに話を振った。

「エリさんに甘えられたら、嬉しくない男はいませんよね」

「そんなことないよー。まあでも、大澤さんとはすごく歳が離れてるから、甘えっぱなしのわがまま放題だけどね。あの人、ドラマだと結構悪役が多いけど、プライベートはすっごく優しくてあったかい人なんだよ」

幸せそうにのろけるエリの顔があまりに綺麗でかわいくて、ちょっとぼんやり見惚れていたら、エリはふと我に返ったように諒矢を見て、表情を改めた。

「あ、でもね、私も最初から順調だったわけじゃないし、毎日ただ幸せってわけじゃないわ」

思い悩む諒矢の前であまりのろけては悪いと取り繕《とつくろ》ったのかと思ったら、エリはふと遠い目になって長いまつげをふっと伏せた。

「年齢差が、最初はネックだったなぁ」

「そうなんですか?」

「だって親子ほども違うんだよ? っていうかそもそもの出会いが親子役の共演だったし」

言われてみればそんなキャスティングのドラマを見たことがある気がする。

「そこから恋愛感情に移行していった時期は自分で自分に戸惑ったわ。大澤さんは既婚者だし」

「でも離婚協議中なんでしょう?」

「うん。共演する前から、もうすでに別居中だったの。それでもやっぱり父親ほどの歳の人に惹《ひ》かれていく自分にぐるぐるしたなぁ」

ふっとエリの戸惑いが身近なものに感じられた。

父親的な相手への恋心と、同性の幼馴染への恋心。どちらの障害がより大きいかはともかく、相手と自分のスタンスの変化に戸惑う気持ちはよくわかる。

諒矢の眼差《まなざ》しに気付いた様子で、エリがはっと視線をあげた。

「じゃなくて、今は諒矢くんの話だった。恥ずかしいのはなんとなくわかったけど、でもその恥ずかしくてムズムズする感じって、恋愛の萌《も》えどころじゃない?」

別に俺の話に戻してくれなくてもいいのにと思いながら、言われてみれば確かにはっきりと恋愛感情を伝えあう前には、こんなにいたたまれないような恥ずかしさを感じたことはなかった気がする。

「思いきって『会いたい』ってメールしてみたら？　颯だって会いたがってるかもよ？」

「うん、俺もそう思います」

あっさり肯定《こうてい》した諒矢に、エリはちょっとあっけにとられたような顔をした。

「えー、なにそれ。悩んでるっぽいから、もっと自信ない感じなのかと思った。『颯はどうせ俺のことなんか……』って諒矢くんがいじけて、『そんなことないわよ。もっと自信をもって』って私が励《はげ》ますのが、恋バナの盛り上がるところなのに」

エリのシナリオに、諒矢は苦笑してみせた。颯との行き違いが氷解してから、二人の間にはまた幼馴染の親密な意志疎通《そつう》が戻ってきている。颯が自分を大切に思ってくれていることを疑う気持ちはなかった。颯だってきっと自分に会いたがっていると確信している。けれど、幼馴染としてではなく恋人同士としての関係は二人にとっては未知の領域で、テレパシーはうまく機能しないようだった。

この間拒絶したことで、颯は傷ついているかもしれない。腹を立てているかもしれない。だからエリと食事をする時間はあっても、諒矢と会う時間を作ってくれなかったのかもしれない。颯の思いを疑う気持ちは微塵《みじん》もないが、その時々の感情に関しては、諒矢にだってはかりかねるところはある。

「愛されてる自覚があるなら、さっさとメールしてみればいいじゃない。それともメールすること自体も恥ずかしいの？」

「いや、メールは毎日やりとりしてます。今日も来てたし」

諒矢はポケットから携帯を取り出し、さっきチェックしたばかりのメール画面をエリにかざしてみせた。

「見せてもらっちゃっていいの？」

「全然平気」

エリは携帯を受け取ると、眉根を寄せて画面をスクロールさせた。

「え、写メだけ？　文面なし？」

雪の山に朝日が差している美しい写真一枚。それが今日颯が送ってきたメールのすべてだった。

「うん。いつもだいたいそんな感じかな」

「『この雪景色をおまえと見たかったな』とか、一言添えればいいのにね」

颯の声色を真似てエリが言うのがおかしくて、諒矢は吹き出した。

「メールじゃなくても、元々颯は口数少ないし。俺の返信も似たり寄ったりだから」

「長々語らなくたって、気持ちは伝えられるでしょ」

そう言うと、エリはキラキラと装飾の施《ほどこ》された爪《つめ》の先で、軽やかにキーを叩いた。

「ちょ、ちょっと！」

慌てて携帯を取り返したら、画面には颯のメールへの返信が綴《つづ》られていた。

『今すぐ会いたい』の一言のあとに、赤いエクスクラメーションマークとハートが延々と連《つら》なっている。

「ほら、こんな感じで送信してみたらどうかな？」

「冗談はやめてください」

「颯、喜ぶよ？」

「むしろ迷惑だと思う。仕事中なのに」

「私だったら仕事中でも嬉しいな。送信する勇気がないなら、私が送ってあげようか？」

エリがきらびやかな指先をのばしてくる。奪われまいと携帯を持つ手に力を入れたら、どこかのボタンを押し込んだ感触があった。

「あ……」

まさかと思って手元を見たら、『送信中』と表示されている。大慌てでホールドボタンを連打したが間に合わず、液晶の表示は『送信しました』に変わった。

諒矢は絶句して、片手で額を押さえた。

「え？　嘘。まさかホントに送っちゃった？」

「……うん」

「ごめんなさい！　冗談のつもりだったのに。ちゃんと私のイタズラだって、颯に説明するから！」

エリは神妙な顔で鯉のぼりから自分の携帯を取り出した。

「いいですよ。大丈夫」

諒矢は弱々しく笑って、エリを制した。

「俺が絵文字を使わないのを颯は知ってるから、冗談だってすぐ気付くし。返信がきたら、俺が説明するから」

「でも……」

「ホントに平気」

「……怒ってる？」

大きな瞳で上目づかいに訊《たず》ねられ、そんな表情がまたかわいらしくて、諒矢は笑ってしまった。

「怒ってないですよ」

「ホントに？」

「ホントに」

「全然？」

「全然」

「じゃあ、アドレス交換してくれる？」

唐突な脈絡でエリは手の中の携帯を差し出してきた。

「怒ってないなら、お友達になってください」

諒矢は驚いて目を瞬《しばた》いた。

「俺？」

「初めて会った時から、諒矢くんと仲良くなりたいなぁって思ってたの。もし迷惑じゃなかったら、お願いします」

大女優が嵩《かさ》にかかってという感じではなく、同年代の女の子が躊躇《ためら》いがちに持ちかけるような口調に、胸の中がふんわりとあたたかくなった。

「俺でいいなら、喜んで」

あのメールが今頃颯の携帯に届いていることを考えるとちょっと冷や汗が出たが、送ってしまった瞬間の動揺はすでにおさまっていた。

新しい友人と携帯をかざしあって、アドレス交換をした。


店じまいの時間になっても、颯《そう》からの返信はなかった。仕事中は携帯をチェックする時間などないだろうし、案外まだ見てもいないかもしれない。

片付けが終わったら、言い訳メールでも送信しておこうかな、などと考えながら、店の外の看板を中にしまおうとしていたら、

「諒矢《りょうや》」

背後から耳に馴染んだ声で呼びかけられた。

一瞬、心臓がギューっと梅干しほどに縮《ちぢ》んで、一拍後にポンとラグビーボールくらいに膨《ふく》らんだような気がした。

そろそろと振り返ると、白い息を弾《はず》ませて颯が立っていた。

颯と二年ぶりの再会を果たした時も、確かこんなシチュエーションだった。

「……なんかすげーデジャヴるんだけど」

びっくりし過ぎて反応の仕方がわからず、思わずそのまま呟いた。

「どうしたんだよ、こんな時間に突然」

「メール、もらったから」

ぼそっと返されて、諒矢は俄《にわ》かにうろたえた。まさかあのメールを見て、ロケ先からわざわざ会いに来てくれたのだろうか？

「ウソ、ごめん！　あれはそういうのじゃなくて……」

「エリが打ったんだろ？　本人からメールもらった。まあ一目見て諒矢じゃないなとは思ったけど」

「……だったらなんで？」

「俺が会いたかったから」

あまりにもきっぱりと言われて、諒矢はどう反応したらいいのかわからず、ただ自分の耳がじりじりと熱くなっていくのを感じていた。

そんな諒矢を見て、颯がふっと微笑《ほほえ》んだ。

「それに、打ったのはエリでも、内容は嘘じゃないかもって思ったし」

「え？」

「諒矢の性格からして、単なるエリのいたずらならすぐに訂正のメールをよこすだろ？　でも、こなかったから」

自分でもそうと意識していなかった策略めいた心理を言い当てられ、諒矢は無言で颯の目を見つめた。

「いい気になるな？」

口の端に苦笑いを浮かべて訊《たず》ねてくる颯に、諒矢は首を左右に振った。

「その通りだよ。颯に会いたかった。すごく。エリさんとはおととい会ったって聞いたけど、俺はもう十日も会えてないから、ちょっとヘソ曲げてた」

颯に水を向けられたら、本音がするすると滑《すべ》りだした。

颯が氷のように冷たい指先を諒矢の手にそっと絡め、顔を寄せてきた。

真冬の深夜の通りは、ひとけがなかった。

颯の吐息《といき》を感じてまつげを伏せたとき、店のドアが内側から勢いよく開いた。

「諒ちゃん、寒いからさっさと……、あ、悪い、お邪魔だった？」

ドアから顔を覗《のぞ》かせた大森《おおもり》が、思わずといった感じでのけぞった。

諒矢は焦《あせ》って身を引いたが、颯はつなぎあわせた指先にギュッと力を込めて、大森に会釈《えしゃく》した。

「こんばんは。こんな時間にすみません」

大森は二人の手元にチラリと視線を落として、ひやかすように笑った。

「きみたちは寒さなんて感じないのかもしれないけど、そんなところにいたら風邪《かぜ》ひくよ。続きは中でどうぞ」

促《うなが》されて二人で店内へと入る。通りから店内へ持ち込んだ看板の金属部分があっという間に結露《けつろ》して、外と室内の気温差をリアルに感じた。大森の茶化し通り、颯と見つめ合っていた時には寒さなど全く感じなかったというのに。

今日は閉店時間が遅かったので、彩《あや》と郁人《いくと》はすでに奥に引っ込んでいた。

「今日はなんだか疲れたな」

大森がぐるぐると首を回しながら言った。

「どうせ明日は店休日だから、片付けの残りは明日にしよう。ごゆっくり」

気をきかせてくれているのだろう、大森がからかうような笑みを見せて、奥へ消えようとした。

「あの」

その背中を颯が呼び止め、下げていた紙袋を差し出した。

「これ、ロケ先の土産《みやげ》です。よかったら召《め》し上《あ》がってください」

大森はちょっと驚いたように目を見開いた。

「ついこの間もお土産をいただいたばっかりなのに」

大森の言葉に、今度は颯が「え？」と怪訝《けげん》そうに眉《まゆ》を寄せ、ふと何か思い当たったように諒矢を見た。

「この間のあれは諒矢のお母さんからだって、ちゃんと言ったか？」

小声で訊ねてくる颯に、諒矢は肩をすくめて笑ってみせた。

「颯からだって言ったよ」

「なんでだよ」

「だってホントに颯からだし」

小声で言いあっていると、大森がぷっと吹き出した。

「仲良しで微笑ましいなぁ。これ、ありがたくいただきます」

大森が土産の包みを恭《うやうや》しく持ち上げてみせる。

その大森に、颯が再び「あの」と声をかけ、出しぬけに言った。

「俺のこと、殴《なぐ》ってください」

「え？」

颯の唐突な申し出に、大森が目をぱちぱちと瞬《しばた》かせた。

「この間は本当に失礼なことをしました。俺のこと、ボコボコに殴り返してください」

「ちょっと待ってよ」

諒矢は慌てて仲裁《ちゅうさい》に入った。

「ボコボコになったら、ドラマの撮影がヤバいだろ。それにあれはそもそも俺のせいなんだから……」

言いつのる諒矢を、颯は片腕でそっと押しやった。

「諒矢のことで頭に血がのぼって、人として最低のことをしました。本当に申し訳ありませんでした」

颯は深々と大森に頭を下げた。

「なんのことだっけ？　おじさん、最近歳のせいか物忘れが激しくってなぁ」

大森がとぼけた口調で言った。

「覚えてられるのはせいぜい今日一日のことくらいだよ。今日はエリちゃんが寄ってくれたり、戸賀崎《とがさき》くんが来てくれたり、千客万来《せんきゃくばんらい》だったたな。『人気芸能人からお父さんと慕《した》われるマスター』とかいって、ワイドショーで紹介されちまったらどうしよう?」

朗らかな冗談口調が、すべてを水に流したことをアピールしているようだった。

その人柄《ひとがら》にこっそり感動していると、大森が諒矢を見てふっと笑った。

「諒ちゃんが幸せなら、それがなによりだよ。諒ちゃんはうちの大事な家族だから」

颯は顔をあげて、尚《なお》も生真面目《きまじめ》な顔で大森を見つめた。

「近い将来、諒矢と一緒に暮らしたいと思ってます。東京の父親も同然の大森さんに、許しを頂《いただ》けますか」

諒矢は思わず目を見開いた。唐突にやってきたと思ったら、諒矢本人さえもちかけられていない件で大森の許諾《きょだく》を得ようとする颯に、あっけにとられる。

大森は「えー」と風体に似合わぬ子供っぽい声をあげた。

「家族とは言ったけど、父親はないだろう。せめて兄も同然って言ってよ」

颯の張り詰めた緊張を、あくまで笑いに紛《まぎ》らわせようというスタンスらしい。

大森は颯と諒矢を笑顔で見比べた。

「成人した二人の恋愛関係に口を挟《はさ》む立場にはないから、そこは二人で話し合って決めればいいよ。あ、でもできればうちの仕事は続けてほしいな。諒ちゃん目当てのお客さんも多いし、諒ちゃんがいないと店が回らないからさ」

「……ありがとうございます」

颯と諒矢の声が、それぞれの思いを込めて重なり合った。

「あ、一言だけ補足」

気安い口調で言ったあと、大森はふっと今日一番真剣な表情になった。

「この先、諒ちゃんがきみのせいで泣くようなことがあったら、その時は頼まれるまでもなくボコボコに殴り倒させてもらうから。そこだけ心得ておいて」

颯は真摯《しんし》な顔でそれに頷き、深々と頭を下げた。

諒矢は何も言えなくて、喉の奥にこみあげてくる熱くてチクチクするものを必死で飲み下した。

「じゃ、俺は先に休ませてもらうから、ごゆっくり。それとも夜のデートにでも出掛けるか?」

「連れ出してもいいですか?」

「どうぞ。明日は休みだし、楽しんでおいで」

階段の脇にかけてあった諒矢のコートを、大森が放ってくれる。颯に手を引かれて、諒矢は店をあとにした。

交差点を曲がった角に、颯のグレーメタリックのプラドが躾《しつけ》のいい犬のように停まっていた。

エンジンをかけるとFMラジオが賑《にぎ》やかに流れ出し、諒矢は無意識に張り詰めていた緊張をため息とともに解いた。

「……びっくりした」

車が走り出してしばらくしてから、諒矢はぼそっと呟いた。

「何？」

「颯がいきなり『お嬢《じょう》さんをください』みたいなこと言い出すから、恥ずかしくて死ぬかと思った」

本当は泣きそうなくらい嬉しかったけれど、照れ隠しにそんな言い方になった。

車は覚えのあるルートを辿《たど》る。颯の部屋に向かっているのだと、すぐにわかった。夜の街を迷いなく走る車の中で、諒矢の胸はひどくドキドキしていた。

「……颯のそういうところに戸惑《とまど》うんだ」

痛いくらいのドキドキの原因である颯に、うまく言えない言葉をやつあたりのようにぶつける。

颯はチラッとだけ諒矢の方を見た。

「ちゃんとけじめをつけたかったんだ。不愉快《ふゆかい》だったら謝るよ」

「全然不愉快なんかじゃない。戸惑うって言ってるだけだよ」

もっとぴったりくる言葉や表現があるはずなのに、うまく言えない自分がもどかしくて、諒矢はぎゅっと下唇を噛んだ。

高揚感ともどかしさの間で揺れながら窓の外の夜景を目で追ううちに、車は颯のマンションに着いていた。地下の駐車場に車を停め、乗り込んだエレベーターの中で、諒矢はそっと口を開いた。

「こんなマンションに住んでることにも戸惑うし、颯のそういう芸能人オーラばりばりのかっこいい雰囲気《ふんいき》にも戸惑うし、あの無口だった颯が、『お嬢さんをください』とか言えちゃう大人になってることにも戸惑うし……」

こんなふうに言ったら、茶化しているとか僻《ひが》んでいるとか責めているとか思われるかもしれない。けれどそれらすべてが、諒矢の率直な気持ちだった。

「エリにメールをもらって……」

しばらく考え込むようにしていた颯は、エレベーターを降りて部屋の鍵《かぎ》を開けながら、ぽつりぽつりと言った。

「諒矢が不安そうに見えたって言ってた」

「……………」

「俺も思ってた。俺が傷つけたせいで、ずっと不安なままなんじゃないかって。俺のことを信用できなくて、受け入れる気にならないんじゃないかって」

玄関先で、諒矢は颯を見上げてゆっくりと目を瞬いた。

颯はそんなふうに思っていたのか。正月にこの部屋で諒矢が拒《こば》んだことを、不信感からの拒絶だと。それで諒矢の不安感を取り除くために、わざわざ大森を証人にして、同居の話を切り出したのだろうか。

促されて奥へとあがりながら、諒矢は自分の気持ちを正しく伝える言葉を、一生懸命探した。

「俺、颯のことは百パーセント信じてるよ。二年前のショックは今思い出してもしんどいけど、あれが颯の本心じゃなかったことはもう知ってる。颯が俺を傷つけるとか裏切るとか、そんなこと、ひとかけらだって思ってないよ」

リビングのソファの前で、諒矢は立ち止まった。

「俺はただ、戸惑ってるだけなんだ。この間ここでキスされたとき、颯の重さとか力の強さとか、自分が女の子みたいに非力に組み敷かれるのかとか、そういうことに戸惑って、どうしたらいいかわかんなくなって……」

「嫌だった？」

颯が低く訊ねてきた。

「だからそうじゃなくて。一緒に上京して、一緒に暮らし始めて、あの延長で抱き合ってたら自然の流れでいけてたと思うんだ。けど、一回リセットしたら、なんか色々リアルで、ドキドキして、戸惑った。颯、キスとかすごいうまいし、押し倒されたら力が入んなくて全然抵抗できない感じだし……」

「だって、ずっと諒矢を抱きたいって思ってたから」

生真面目な顔できっぱりと言われて、いっきに血の気が顔にあがった。

「そっ……、だから、そういうんじゃなくて、俺が言いたいのは、颯は二年の間にすごい頑張って、色々成長してるのに、俺は全然変われてないっていうか、ただ大森さんたちに甘えてただけっていうか……」

なんだかもうしどろもどろで、どう伝えたらいいのか、伝わっているのか、自分でもわけがわからなくなってくる。

「諒矢が大森さんたちに大切にされているのは、諒矢の人柄だよ。俺は諒矢が変わってなくて嬉しかった」

「俺……俺は、この間、田舎《いなか》から一緒に戻ってきた日に、颯のところに行っていいか訊《き》いたら拒否《きょひ》られて、悲しかった」

ああ、ますます支離滅裂《しりめつれつ》な返しになっていると思いながら、もうどうにも感情と思考が整理できない。

颯は諒矢を見て、どこかが痛いような顔になった。

「ごめん」

「……いや、用事があったのにそんなこと言うの、ただのわがままだってわかってるんだけど」

「用事がなくても、断ってたと思う」

「え?」

颯の言葉に一瞬ひやりと心が冷えた。そんな諒矢の表情を見て、颯はかぶりを振った。

「諒矢とこの部屋で二人になったら、映画を観るだけなんて無理だって思った。絶対にまた自分の衝動を抑えられないって。傷つけるのをわかってて、部屋に招くわけにはいかないだろ」

そういう颯の方こそ、傷ついた顔をしていた。あのとき諒矢が拒んだことで、きっと颯はひどく傷ついたに違いない。

颯は目を眇《すが》めて自嘲《じちょうてき》的な笑みを浮かべた。

「あの日の墓参り、本当は口実だった」

「え?」

「墓参りのためだけだったら、もう少し時間的に余裕のある日に行くよ。……俺はただ、諒矢に会いたかったんだ」

諒矢は目を丸くした。

「だったら都内で会う方が簡単なのに」

「ロケ続きで、次の休みがいつとれるかわからなかったから」

諒矢が颯を恋しく思っていた時、颯も諒矢に会いたいと思ってくれていたのだ。そう実感するだけで、身体中をトクトクと幸福が駆け巡《めぐ》るのを感じた。

颯の手がそっとのびてきて、諒矢の頰に触れる。

「顔、冷たい」

「颯の手の方が冷たいよ」

時が止まったような静けさの中でひととき見つめあい、やがて颯が顔を寄せてきた。諒矢はそっと目を閉じた。

颯の吐息《といき》があたたかく頬にかかったと思ったら、突如《とつじょ》携帯のバイブレート音が静寂を震わせた。

颯の吐息はため息に変わり、諒矢の肩口にがっくりと額が落とされる。

「……今日は諒矢とはキスできない運命なのかな」

この世の終わりみたいな声で呟く颯に、おかしみと愛《いと》おしさを覚えて、そっとその逞《たくま》しい身体に手を回した。

「そんなことないよ。待ってるから、出ろよ」

颯のジャケットのポケットで震える電話を叩いてみせた。

颯は渋々という顔で携帯を取り出し、

「社長だ」

画面を見て渋面になる。

その表情から何か深刻な用件を想像して憂《うれ》い顔《がお》になる諒矢に、颯が言った。

「こうやって時々用事もなくかけてきて、長話をするから困る」

そういう意味かとまたおかしみがこみあげ、なんだか颯がかわいらしく思えてきた。

「ゆっくり長話につきあってあげてよ」

あっさりと諒矢が言うと、颯はやや心外そうな顔をしたが、

「その間に、俺もゆっくり風呂を借りるから」

続けた台詞《セリフ》に颯の形のいい二重の目が大きく見開かれた。

今夜は颯と想いを重ねる。そんな諒矢の決意は、きちんと颯に届いたようだった。諒矢はくるりとバスルームに向かった。

とはいえゆったり湯をためて寛《くつろ》ぐほどには緊張は取れていなくて、冷え切ったバスルームでシャワーだけ使った。少し長めに熱い湯に打たれ、勝手にタオルを借りて、さっき脱いだシャツをざっと身にまとってリビングを覗くと、颯はソファでテレビを見ていた。

「電話、もう終わったの？」

「ああ。途中で向こうにキャッチが入ってさ。助かったよ」

「颯もシャワー浴びる？　今なら中があたたまってるよ」

「うん。好きな番組見てて」

諒矢にリモコンを渡して、颯はバスルームへと消えていったが、水音が聞こえたのはほんの数分だった。諒矢がいくつかチャンネルを変えている間に、もう颯はリビングに戻ってきた。

「早かったね」

「また邪魔が入ったり、諒矢の気が変わったりすると困るから」

Tシャツ一枚の姿で、髪をがしがし乱暴に拭《ふ》きながら颯が言った。

「戸賀崎颯のくせに、がっつきすぎだよ」

自分の緊張もろとも、諒矢は茶化してみせた。

「くせにってなんだよ。俺は諒矢の前では昔からカッコ悪くてがっついてるただの幼馴染だろう」

颯のカッコ悪いことなんてひとつも記憶になかったが、そう言って颯はソファに座った諒矢の腿《もも》の横に片膝をのりあげ、キスしてきた。

今度は誰にも邪魔されずに、二人の吐息が混じり合う。

ひとしきり諒矢の唇を吸ったあと、颯は諒矢の手を引いて立たせ、ベッドルームへと連行した。室内の明かりは灯《とも》さなかったが、開けたままのドアからリビングの明かりと賑《にぎ》やかなテレビの音が入り込んでくる。

諒矢をベッドの縁に座らせると、颯はまた唇を重ねてきた。

「……ん……っ」

夢中で舌を絡めあううちに、徐々に体重を乗せられて、背中からベッドに倒れ込んだ。

湿った音をたてて名残惜《なごりお》しげにくちづけをといた颯の唇が、諒矢の頬に、鼻先に、目じりに、額に、想いをこめて押しあてられる。

「上京して一緒に暮らしてたときも、ホントは毎日諒矢に触りたくてたまんなかった」

「……っ、なんで、触んなかったの?」

耳の下の骨のところにキスされて、痺《しび》れるような感覚に息を弾ませながら諒矢は訊ねた。

「尽くしてもらうばっかでなにもしてやれてないのに、手なんか出せない」

颯のそんな古風な意地にちょっと呆《あき》れ、とても愛おしいと思った。

諒矢の肩から腕へと辿っていた颯の指が、諒矢の指先をつかんで持ち上げる。緊張で冷たくなった指先に、そっと颯の唇が落とされた。

「震えてる」

「……うん」

「こういうこと、ホントはしたくない？　それとも怖い？」

真上から真面目な顔で訊ねてくる幼馴染に、諒矢も真面目に答えを返した。

「めちゃくちゃしたい。でも怖い。知らない誰かとするより、颯とするほうが怖い」

颯はどうとればいいのかわからないというふうに、眉間《みけん》にしわを刻んだ。

「……幸せって怖いものなんだって、初めて知った」

なんだか陳腐な表現だと思いつつも、諒矢は思ったままを呟いた。

不安な時を経《へ》て手に入れた幸せはあまりに大切すぎて、関係の変化が怖くなってしまう。

「颯に、自分じゃないみたいな自分を見られるのが怖い。颯の前でこんなにドキドキしてる自分が居たたまれない」

颯はしばらく考え込むような目で諒矢を見ていたが、やがて諒矢の上から身をどけた。ぐっと手を引かれ、身体を起こされる。

誤解されてしまっただろうか。それともまた傷つけた？　拒んだわけじゃない。諒矢だって颯と抱き合いたいと強く願っているのだ。

祈るように見つめると、颯は諒矢の隣に腰かけ、見つめ返してきた。

「ジャンケンで決めよう」

「え？　なに？」

「こういうのって、どう考えても受け身の方が不安だよな」

颯があまりにも真面目な顔で言うので、一瞬何の話をしているのかわからなくなる。

「あの……」

「どっちが主導権を取るか、ジャンケンで決めよう」

颯は握《にぎ》り拳を差しだしてきた。

ひとしきりぽかんとしたあと、諒矢は思いっきり噴き出した。突拍子もない提案に、緊張も恐れもふわっとほどけていく。

「おかしいだろ、それ」

「なんで？　公正なジャッジだろ」

颯が「早く」と促《うなが》すように拳《こぶし》を上下させるから、諒矢も思わず右手の拳を差し出した。

「ジャンケンなんて超久しぶり」

「昔はよくやったけどな」

そう言われて思い出す。確かに昔はよくやった。まだ小学生の頃だ。両親の言い争う声を聞きたくなくて、颯につきあってもらって近所の公園で時間をつぶし、ひとしきりの遊具に飽《あ》きると、花壇《かだん》の縁《ふち》に座り込んでただ延々とジャンケンをしたっけ。

「地面に勝敗を正の字で書いて、なんか二百勝とか二百敗とか、すごいことになってなかった？」

「勝率は常に俺の方が上だったよな」

颯が挑《いど》むような目で笑う。

「そうだけど、ここぞって時は大概《だいがい》俺が勝ってたよ。お菓子の最後の一個をどっちが食うかとか、トレカの分配とか」

諒矢もムキになって言い返す。

そうだよ。あの頃は拳ひとつで何時間でも遊んでいられたのに、いつの間に颯とジャンケンをしなくなったんだろう。中学生になったときには、もう確実にやらなくなってたよな。

関係が変わるのが怖いなんて思ったけれど、今までだってそうと意識しないままに二人の関係は少しずつ変わってきているのだ。あんなに毎日していたジャンケンを、いつの間にかしなくなっていたように。

「じゃ、三回勝負で、先に二勝した方が勝ち」

諒矢が言うと、颯は真面目な顔で頷いた。

最初は諒矢がパーで勝ち、大袈裟《おおげさ》にはしゃいでみせたが、次のチョキで負けると、急に緊張してきた。

大きく深呼吸して、最後の勝負はグーで挑んだ。チョキを出した颯はひょいと眉を動かしてため息をつき、諒矢は得意げにガッツポーズを作って見せた。

颯は苦笑いしながら仰向《あおむ》けにベッドに倒れ込んだ。

諒矢はどきどきしながらベッドに乗り上がり、颯の腰を挟《はさ》むようにまたがった。颯の顔の脇に手をついて、まだ笑っている颯の瞳を間近に覗きこんだ。

「覚悟はいい？」

「もちろん」

諒矢は初めて自分から、幼馴染の唇にくちづけを落とした。

組み敷かれ、喉を反らせてくちづけを受ける颯の倒錯的《とうさくてき》な色っぽさに、身体の芯が熱くなる。

本能の指示に素直に従って、颯のTシャツの裾《すそ》をめくりあげると、颯も下から諒矢のシャツのボタンに手を伸ばしてきた。颯の方がずっと手際がよくて、あっという間にシャツは諒矢の肩から滑《すべ》り落《お》ちた。

外気に触れてざっと鳥肌が立った上半身に、颯のひやりとした手のひらが触れてくる。

どこを触られてもぞくぞくして、嫌な場所はひとつもなかった。心と身体は、ひとつだと感じた。知らない誰かとするより颯とする方が怖いとさっき颯に言ったけれど、知らない誰かに同じことをされても、こんな感覚は絶対に訪れないと思った。

昂《たかぶ》る熱と想いをどうしたらいいのかわからなくて、諒矢はただひたすらに颯の唇をむさぼり、指先で颯を確かめるようにその硬い身体を探った。

最初は冷たかったお互いの指先がいつのまにか体温と馴染み、どこまでが自分の身体か判然としないくらいに同じ温度になっていく。

心臓がどうにかなってしまったのではないかというほどドキドキして、勝手にどんどん息があがる。ただ肌を探り合うだけでとろけるように気持ち良くて、興奮して、けれどひどくもどかしい。渇《かわ》いた喉にアルコールを流し込んだように、触れれば触れるだけ喉が渇いてもっと欲しくなる。

密着した身体の間で、ファスナーがじりじりとおろされるくぐもった音がして、痛いほど張り詰めていたものがふっと解放された。

「ん……っ」

颯の指先に形をなぞられ、諒矢は颯の肩口に爪《つめ》を立てた。

快楽にもっていかれそうになりながら、自分が主導権を取るはずだったことを思い出して颯のイージーパンツのウエストに手をかけたが、唇から次々とこぼれる甘い吐息に力を奪われ、望む通りに動かない。

「……っ颯、颯、」

焦《じ》れて舌足らずにその名を呼ぶと、颯が下からすくいあげるように諒矢の唇を奪い、自らの着衣をずらした。二人分の熱が重ね合わされて、そのまま想いを昇華していく。

唇を解かれると、諒矢はたまらずに切なく甘い声をこぼし続けた。

耳元にかかる颯の吐息もひどく荒くなっていることが、余計に諒矢を熱くした。颯と二人で共有する快楽を少しでも長引かせたかったが、昂り過ぎてこらえきれず、諒矢は一人先に高みへと達してしまった。

「あっ、あ……っ……」

頭がおかしくなるかと思うような絶頂感に身体中がかくかく震える。諒矢自身は何もしていないのに激しく息が切れていた。腕に力が入らず、颯の胸の上にぐったりと突っ伏してしまう。

「……ごめん、俺、早すぎ」

颯の心臓が耳の下でガンガンいうのを聞きながら、諒矢は羞恥《しゅうち》を紛らすために自虐的《じぎゃくてき》な突っ込みを入れた。

胸郭《きょうかく》から直《じか》に颯の声が響いてくる。

「謝ることないだろ。これで終わりってわけじゃなし」

明るく、濡れた声音だった。

「……うん」

諒矢はかすれ声で頷き、ひどく喉が渇いたと思った。これで終わりではないと思うと、さらに強い渇きを覚える。

ふっと目眩《めまい》がしたと思ったら、ベッドへとひっくり返されていた。諒矢の体重から解放された颯が身軽に立ち上がり、部屋を出て行った。訝《いぶか》る間もなくミネラルウォーターのペットボトルを手に戻ってきた。

「飲む？」

理解されていることにうずうずと幸福を感じながら頷く。

颯はボトルのキャップを開けると、それを自らぐっと呷《あお》り、諒矢に覆《おお》いかぶさってきた。

「え？」

ぽかんとなった口元に唇が重ねられ、冷たい水を口移しに飲まされた。甘さすら感じる水を、飲みこみきれずに溢《あふ》れた水が、あごから首筋を伝う。その感触にさえ官能を刺激され、背筋がざわめいた。

諒矢は喉を鳴らして飲んだ。

こんな手管《てくだ》を、颯はどこで覚えたのだろう。ふっと誰かを抱く颯の姿を想像しそうになり、目の奥に焼けるような痛みが走る。諒矢は慌てて脳裏の映像のスイッチを切った。離れていた時間のことを、どうこう思っても仕方がない。今、颯はここにいるのだから。

「どうしたの？」

颯がじっと諒矢の瞳を覗きこんで問うてきた。諒矢は無言でかぶりを振った。

「言いたいことは、お互い全部ちゃんと言おう。もう変なすれ違いはしたくない」

そう言われて、諒矢は少し考えてから口を開いた。

「……他の誰かにもしたのかなって、ちょっと思っただけ」

なるべく重く聞こえないように口元に笑みを乗せて言うと、颯が不審げな顔になった。

「なんで他の誰かに口移しで水飲ませるの？」

「いや、水の話だけじゃなくて、こういうこと全般」

諒矢は決まり悪くシーツの皺を手のひらで直した。

ぎしっとベッドに腰をおろしてミネラルウォーターを飲みながら、颯はこともなげに言った。

「こういうこと全般、今日が初めてだけど？」

「……え？」

「役でそれらしいシーンを演じたことは何度かあるけど」

仰向けに横たわったまま、諒矢は神々しいものを見る目で颯の横顔を見上げた。

「なに？　おかしい？」

「……だって、全然そんな、慣れてる感じだし」

「頭の中ではガキの頃から予行演習してたからかな」

冗談とも本気ともつかぬことを呟いて、颯は諒矢を振り返り、ふっと笑った。

「それにしては落ち着きすぎじゃん」

「俺が無様に失敗しても、諒矢は呆れたりしないって知ってるから、落ち着いていられるんだよ」

思いがけない打ち明け話に諒矢が驚いたり感動したりしている間に、颯は再びベッドに乗り上がって来て、今度はあたりまえのように諒矢を組み敷いてきた。

「……主導権は俺だったよね？」

もうそんなことはどうだっていいのだけれど、照れ隠しに睨《にら》みあげてみる。颯は端整な顔で白々と言った。

「うん。一回戦はね」

「なにそのルール。じゃ、二回戦もジャンケンで決めよう」

「今度は手っ取り早く一回勝負な」

戯《たわむ》れの勝負に今度はグーで挑んだが、あっさり負けてしまった。

颯は笑いながら諒矢のあご先にくちづけを落としてきた。

「ここぞっていうとき、諒矢はいつもグーだよな」

「え？」

愛おしげにからかうその言葉の意味に諒矢が思い至ったのは、颯の熱烈な愛撫《あいぶ》で時間をかけて身体中をとかされ、しどけなく開かれたその身のうちに、颯を受け入れようというときだった。

欲しいけれど怖い。怖いけれど欲しい。初めてのことに対する恐怖もさることながら、この甘い快楽に身を委《ゆだ》ねて最後の砦《とりで》をあけ渡したら、もう対等な幼馴染には戻れないのではないかという恐れからベッドの上で身をずりあげて怖がる諒矢に、颯がその肩口を押さえつける手の力をふっと抜いた。

「諒矢が本当に嫌なら、我慢する」

羞恥と快楽に息があがり、涙目で視線をあげると、じっと自分を見下ろしてくる壮絶な色気とストイックさが入り混じった瞳があった。辛《つら》さに耐えてなお深い愛情をたたえたその表情を見ていたら、ふっと最前の颯の台詞が耳に蘇《よみがえ》ったのだ。

『ここぞっていうときは、いつもグーだよな』

さっきの三回目のジャンケンで、颯があえて負けてくれたのだということを、不意に悟った。

そこから一気に、記憶は巻き戻っていった。

お菓子の最後の一個。トレカの分配。

ここぞというときにはいつも諒矢が勝ったジャンケン。そんなとき、いつも颯はこんな顔をしていた気がする。

勝ったのではなくて、勝たせてもらっていたのだ。

バカにされていたとか、みそっかす扱《あつか》いだったとか、そういうことじゃなかったのはわかる。

それが颯の不器用な愛情であり、優しさだったのだと。

そう思ったら、心からも身体からも急に抵抗する力が抜けた。対等だなんてくだらないプライドは、最初から必要のないものだった。いつも颯に甘やかされて、勝たせてもらってきただけのこと。

「……いいのか？」

諒矢が身体の力を抜き、自らその身を開いて見せると、颯が官能的に眉を寄せた表情で訊ねてきた。

颯が欲しいと切実に思う自らの本能に白旗をあげて、諒矢は颯の身体を引き寄せた。

気が遠くなるほど時間をかけて丹念に解《ほぐ》された身体は、傷つくことなく颯を受け入れ、素直にその快楽を脳へと伝えてきた。

唇と下肢《かし》でつながって、いたわるように優しく身体を揺さぶられると、味わったこともない快感が脳を揺らし、諒矢は颯の背中に爪を立てて、甘い喉声をもらした。

諒矢が感じると、身の内に納めたものが更に張りつめ、颯が何かをこらえるような表情になる。

確かにつながっている、と思う。身体だけでなく、魂《たましい》も。今、同じ熱を感じ、同じ恍惚《こうこつ》に身を委ねている。

ぎゅっと目を閉じると、熱い涙が目じりを焼いた。

「泣くなよ。大森さんに、殴り倒される」

颯が唇で涙を吸いながら、諒矢をリラックスさせるように冗談めかしたが、ひどく息が荒くて言葉が切れ切れになっていた。

「……っ、幸せすぎて、泣けるんだよ」

颯の逞しい背中にまわした指先にぎゅっと力を入れる。

「幼馴染なんて、マンネリになりそうなのに、こんなに新鮮にドキドキしてる自分に驚くよ。あの二年も、きっと無駄じゃなかったね」

諒矢は涙でぼやけた視界に向かって一生懸命笑んでみせた。

戸惑いの正体がときめきだったことを、今、知る。幼馴染だけれど、新しく知る颯のすべて。その熱も、その情動も、大人になった今だからこそ分かち合えるもの。

「……俺も泣きそう」

颯は少し困ったような顔でそう言ったが、もちろん泣いたりはしなかった。ただ、今まで耐えていた情熱のすべてを注ぎ込むように、狂おしく諒矢を抱いた。

「あっ、颯、颯……」

甘く激しく揺さぶりあげられながら、こんな時なのに、それともこんな時だからなのか、諒矢の頭の中には懐《なつ》かしい颯との記憶が一気に押し寄せた。

片親の淋《さび》しさを身を寄せ合ってしのいだ幼い日。幸福な退屈がずっと続くと信じて疑わなか

った学生時代。颯の夢を追いかけてやってきたこの街での決裂。

山ほどの幸福な記憶と、胸を切り裂く痛い記憶。それらすべてを凌駕《りょうが》する新しい幸せの形が、今、この腕の中にあるのだ。

「……長かった」

甘い吐息に混ぜて諒矢が言葉をこぼすと、颯はすべてを癒《いや》すようなくちづけをくれた。

幸福の前で怯《ひる》む諒矢を、ジャンケンに負けることでリラックスさせようとしてくれた颯のいたわりが愛おしく、それ以上に、ここぞの勝負で颯が勝ちにきたことに胸が高鳴った。

変わっていくことで、自分たちは変わらずにいられるのだ。

愛おしい恋人の腕の中で、諒矢は身も心もすべてをさらけ出して、愛の高みへとのぼりつめた。

不器用なデイブレイク

電線をうならせる風の音で、颯《そう》はふっと眠りから覚めた。

一月の早朝、カーテンの隙間から見える空はまだ真っ暗で、部屋の中はしんと冷え切っていた。

傍《かたわ》らでは、昨夜初めて体温を重ね合わせた恋人が、やすらかな寝息をたてていた。随分《ずいぶん》泣かせてしまったせいか、目の下にうっすらと隈《くま》ができている。

なんだかたまらなくなってそっと肩を抱き寄せると、諒矢《りょうや》はプラスチックのように冷たい鼻先を無意識の様子で颯の耳の横に埋《うず》めてきた。

腕の中にある幸福の具現を、颯は祈るような敬虔《けいけん》な気持ちで抱きしめた。

好きだとか愛しているとか、そんな軽々しい言葉では言い表せない。颯にとって、諒矢はこの世のすべてだった。

物心つく前から、ずっと一緒だった。颯の記憶のほとんどすべての場面に、諒矢が存在する。

中学生のとき同級生に「四六時中一緒にいて飽《あ》きない？」とからかわれたことがあるが、諒矢に飽きるなんて、考えたこともなかった。空気や水に飽きたりすることがないように、諒矢との時間に倦《う》むことなどありえない。むしろ失《な》くしたら生きていけないものだった。

寝癖《ねぐせ》のついた諒矢の髪を指先で梳《す》きながら、いつからこんなふうに諒矢に触れたいと思うようになったのだろうかと自分の胸の内に問う。

はっきりあの時とわかる地点は見当たらない。すべては自然の流れで、多分あたりまえのようにそう思っていた。

諒矢の自覚は、自分よりも随分遅かった気がする。高校生の時には、女の子とつきあったりもしていたのだから。正直面白《おもしろ》くなかったけれど、諒矢は結局自分を選ぶと根拠《こんきょ》もなく信じていた。うぬぼれやご都合主義の思いこみではなく、自分たちの間にそういう絆《きずな》があることがあたりまえのこととして確信できた。

実際、諒矢はすぐに女の子たちとの軽いつきあいを卒業して、その分の時間をまた颯と過ごすようになっていった。

あたたかい毛布の中、颯のあごの下に、無防備に薄く開いた諒矢の唇が触れている。

この唇に最初に触れたのは、高校生のときだった。

今とはちょうど真逆の、暑い盛りだった。バイトを終えて諒矢のところに寄ったら、諒矢はリビングの小さなソファで猫のように手足を投げ出してうたた寝をしていた。

今と同じように無防備にうっすらと開かれた唇は、ひどく無邪気にも艶《つや》やかにも見えて、うっすら汗ばんだ首筋を眺《なが》めていたら、へんなふうに喉が渇《かわ》いてきたことを、リアルに覚えている。名前を呼んでも目を覚まさない諒矢に、吸い寄せられるようにくちづけていた。

あのとき、諒矢は眠ったままふっと微笑《ほほえ》んだ。その笑顔に、なんだか胸が捩《ね》じ切《き》れそうになった。幸福感とともに、諒矢への気持ちが大きすぎて、それを表すすべがないことがもどかしく、哀《かな》しくさえあった。

今にして思えば、気負いすぎていたのだろう。高校卒業前に母親を亡《な》くし天涯《てんがい》孤独となったことで、颯のなかで諒矢の存在感はさらに増し、けれど無力に空回りするばかりで諒矢になにもしてやれない自分が歯がゆく、苛立《いらだ》ちが募《つの》っていった。

傷つけ、傷つき、泥水《どろみず》の中をもがくような苦しみが、結果的には颯を成功へと押しあげた。それはけれど、ひどく虚《むな》しい成功だった。

離れていた二年、諒矢のことを思わない日はなかった。諒矢が笑顔でいてくれることを心底から願い、けれどその傍らに自分ではない誰かが寄り添っていることを想像すると、胸の奥深くをざっくりと切り裂かれるようだった。その痛みを、自分は一生引きずって生きて行くのだと思っていた。

腕の中で、諒矢が小さく身じろいだ。

永遠に失われたと思っていた幸せの形が、今、腕の中にあることを改めて実感して、颯は諒矢のこめかみにそっと唇を押しあてた。

「……今、何時?」

うーっと猫のように身体を伸ばしながら眠そうに訊《たず》ねてくる諒矢の声は、昨夜の名残《なごり》をとどめて少しかすれていた。

「まだ七時前」

「今日、仕事?」

「ああ。でも午後からだから」

諒矢の骨っぽい腕が、やわらかく颯の背中に絡みついてきた。

「じゃ、まだ何時間か颯は俺のものだね」

「俺は永遠に諒矢のものだよ」

諒矢の背中を抱き返しながら颯が言うと、諒矢がパッと顔をあげた。

「うわっ、なんかドラマのセリフみたい」

「……茶化すなよ」

真面目《まじめ》に言っているのに心外だと思いながら軽く睨《にら》むと、諒矢も睨みあげてきた。

「茶化さずにいられるかよ、この状況で」

そう言う目元が、薄闇《うすやみ》の中でもほんのり赤い。

「この状況？」

「……初エッチ明け的な状況で。しかもなんで俺だけマッパ？」

諒矢は毛布の中を覗《のぞ》きこんで、怒ったように言う。

「着せようとしたら、暑いからヤダって暴れただろう」

「だっけ？　……だよね」

服を着るのも嫌になるほど暑くなることをした状況をつぶさに思い出したのか、諒矢は少し慌てたようにしどろもどろになったあと、上目づかいに颯を見上げてきた。

「ねえ、俺、ヘンな顔してない？」

「急になんだよ」

「なんかヘンな顔になってる気がする」

幼馴染から恋人へ。身体をつないだことで、どんな顔をすればいいのか戸惑《とまど》っているといったところだろうか。

諒矢の頬についたシーツのあとを指先でつっと辿《たど》って、颯は言った。

「全然変じゃないよ。いつも通りにかわいい」

薄明るくなってきた部屋の中で、諒矢がぱっと顔を赤くした。

「何言ってんの!?　かわいいとかありえないんだけど」

「ひかれると思ったから言ったことなかったけど、昔からおまえの顔はかわいいと思ってた」

諒矢は赤い顔のまま、胡乱《うろん》げに眉根《まゆね》を寄せた。

「……大丈夫？」

「なにが？」

「颯、なんかいつもと違うし」

「いつもと違うことしたからかな」

毛布の中で、颯は諒矢の素足《すあし》に足を絡めた。

「俺、ずっと気負いすぎてたなと思って。ほんのちっちゃい頃から、諒矢に頼りにされたくて、バカみたいにカッコつけてさ」

「カッコつけとかじゃなくて、颯は素で充分カッコよかったよ」

颯は諒矢に覆《おお》いかぶさるようにして、ゆるゆるとかぶりを振った。

「二年前、ちゃんと本心を言えばよかった」

「本心?」

「何もしてやれないどころか、辛《つら》い思いをさせるばっかだけど、離れないでずっとそばにいてくれって。なりふり構わず、泣きわめいてすがりついておけばよかった」

颯が自嘲《じちょうてき》的に吐《は》き出《だ》すと、諒矢はどこかが痛いみたいに顔をゆがめて微笑《ほほえ》み、喉を反《そ》らせてあごをあげ、そっとくちづけてきた。

「じゃ、もし今度ケンカして、俺が出て行きそうになったら、そのときに実行してよ」

「ケンカしてる時にそんなカッコ悪い姿見たら、更《さら》に冷める気もするけどな」

「だからさ、俺、颯のことをカッコ悪いなんて思ったこと一度もないし、これからもないって」

今までの人生のほぼすべてを傍らで見ていてくれた幼馴染の言葉に微笑んで、颯はくちづけを返した。

「ケンカした時と言わず、もう今すぐにでも正直になるよ」

颯はそう宣言して、恋人の細い身体を両腕の下に巻き込んで組み敷いた。

「もう一回やりたくてたまんない」

平常に戻りつつあった諒矢の顔に再びさっと朱がさした。困惑したように、眉がハの字になる。

「……颯が壊れた」

「正直になっただけだよ」

真面目に言うと、諒矢がふっと笑った。

「がっついてもらえるのって、結構嬉しいね」

「じゃ、もっと前からガツガツいっておけばよかった」

笑い返して諒矢の瞼《まぶた》や頬にくちづけの雨を降らせながら、でも、と思う。

でも、それは今だから言えることで。もしも時間を遡《さかのぼ》って十代の頃に戻れたとしても、きっと自分はまた同じ過《あやま》ちを犯すんだろうなと思う。

あの時は、あれが精いっぱいだった。精いっぱい諒矢を思って、精いっぱい失敗した。

『あの二年も、無駄じゃなかったね』

昨夜、諒矢がくれた言葉を思い出す。

そう、きっとあの二年も、無駄ではなかったのだ。

失敗を知って、今がある。あがいて、もがいて、やっとわかることもある。

「どうしよう。興奮しすぎて、諒矢のこと壊すかも」

持て余すほどの想いに収拾がつかなくなりそうで、諒矢の耳に唇を寄せて呟くと、諒矢はく

すぐったそうに首を竦《すく》めて笑った。

「人のことをかわいいとか言って、自分の方がよっぽどかわいいじゃん」

そう言って、両腕を颯の首に絡めて引き寄せる。

癒《いや》しと赦《ゆる》しを与えてくれるしなやかな身体に身を埋《うず》め、颯はもどかしいほどの熱を諒矢の身体へと移していった。

あとがき

月村　奎

こんにちは。お元気でお過ごしですか。

お手にとってくださってありがとうございます。

前作からあまり間を置かずにお会いできて嬉しいです。

車の運転中、FMラジオを聴くことが多い私。ある日のドライブ中に、八〇年代に流行《はや》ったアイドルロックバンドの曲が流れてきました。アラサー以上の方なら誰でも知っているであろう有名な曲ですが、フルコーラスで歌詞をきちんと聴いたのは初めてのこと。

それは、夢を抱《いだ》いて一緒に上京してきた恋人たちの別離を描《えが》いた切ない曲でした。しんみりと聴きいるうちに、二人の生《お》い立《た》ちや、別れたあとのことなど、歌の中ではまったく触れられていない前後の部分が頭の中でもわもわと膨《ふく》らみ、このお話を書くきっかけとなりました。

相変わらず地味でぐるぐるした作風ですが、ワンシーンでも、一文でも、読んでくださった方のお心に添う部分があったらとても嬉しく思います。

毎回他力本願で申し訳ないのですが、小説をお楽しみいただけなかった皆様にも、間違いなくイラストだけはお楽しみいただけたことと確信しております。

……と書いていたら、ナイスタイミングで担当さんから表紙カバーと口絵のカラーイラストを頂戴《ちょうだい》しました。あまりの美しさに、息をするのも忘れて見惚《みと》れることしばし……。大好きな高星《たかぼし》さんにこんなに素敵な二人を描いていただいて、ちょっと今、本当に泣きそうです。

高星麻子《あさこ》様、ご多忙の中、素晴らしいイラストを本当に本当にありがとうございました！

そして担当様はじめ新書館の皆様、この本の発行に携《たずさ》わってくださったすべての皆様に心からお礼申し上げます。いつも本当にありがとうございます。今後ともどうぞよろしくお願いいたします。

二〇一二年四月現在の今後の予定としましては、小説ディアプラス・ナツ号とアキ号で、それぞれ新しいお話を書かせていただけるみたいです。雑誌は読んだことがないという方もいらっしゃるようですが、拙作《せっさく》はさておき、小説ディアプラスはとても読みごたえがあって楽しい雑誌なのでお勧めです。全作品が読み切り（多分）で、隅から隅まですごーく面白《おもしろ》いです！　本当に！　私以外は！　……いや、私もそれなりに努力はしてます！（……）

ではでは、どうぞ皆様、お健《すこ》やかにお過ごしくださいね。

またお目にかかれますように。

二〇一二年　四月

D E A R + N O V E L

不器用《ぶきよう》なテレパシー

この本を読んでのご意見、ご感想などをお寄せください。
月村 奎先生・高星麻子先生へのはげましのおたよりもお待ちしております。
〒113-0024 東京都文京区西片2-19-18 新書館
[編集部へのご意見・ご感想] ディアプラス編集部「不器用なテレパシー」係
[先生方へのおたより] ディアプラス編集部気付 ○○先生

初　出
不器用なテレパシー：小説DEAR+ 11年フユ号（Vol.40）
不器用なシンパシー：書き下ろし
不器用なデイブレイク：書き下ろし

新書館ディアプラス文庫

著者：月村 奎 [つきむら・けい]
初版発行：2012年 5 月25日

発行所：株式会社新書館
[編集] 〒113-0024 東京都文京区西片 2-19-18 電話(03)3811-2631
[営業] 〒174-0043 東京都板橋区坂下 1-22-14 電話(03)5970-3840
[URL] http://www.shinshokan.co.jp/
印刷・製本：図書印刷株式会社

定価はカバーに表示してあります。乱丁・落丁本はお取替えいたします。
ISBN978-4-403-52302-1

S H I N S H O K A N